共和国故事

强国之基

——"八六三"计划与"火炬"计划正式启动

王金锋 编写

吉林出版集团股份有限公司

图书在版编目（CIP）数据

强国之基："八六三"计划与"火炬"计划正式启动/王金锋编. —
长春：吉林出版集团股份有限公司，2009.12

（共和国故事）

ISBN 978-7-5463-1821-9

Ⅰ. ①强… Ⅱ. ①王… Ⅲ. ①纪实文学 – 中国 – 当代 Ⅳ. ①I25

中国版本图书馆 CIP 数据核字（2009）第 236736 号

强国之基——"八六三"计划与"火炬"计划正式启动

QIANGGUO ZHI JI　　BALIUSAN JIHUA YU HUOJU JIHUA ZHENGSHI QIDONG

编写　王金锋

责任编辑　祖航　宋巧玲

出版发行　吉林出版集团股份有限公司

印刷　三河市嵩川印刷有限公司

版次　2010 年 1 月第 1 版　　　　2022 年 1 月第 9 次印刷

开本　710mm×1000mm　1/16　　印张　8　字数　69 千

书号　ISBN 978-7-5463-1821-9　　定价　29.80 元

社址　吉林省长春市福祉大路 5788 号

电话　0431 – 81629968

电子邮箱　tuzi8818@126.com

前　言

　　自 1949 年 10 月 1 日中华人民共和国成立至今,新中国已走过了 60 年的风雨历程。历史是一面镜子,我们可以从多视角、多侧面对其进行解读。然而有一点是可以肯定的,那就是,半个多世纪以来,在中国共产党的领导下,中国的政治、经济、军事、外交、文化、教育、科技、社会、民生等领域,都发生了深刻的变化,中国人民站起来了,中华民族已屹立于世界民族之林。

　　60 年是短暂的,但这 60 年带给中国的却是极不平凡的。60 年的神州大地经历了沧桑巨变。从开国大典到 60 年国庆盛典,从经济战线上的三大战役到经济总量居世界第三位,从对农业、手工业、资本主义工商业的三大改造到社会主义市场经济体制的基本确立,从宜将剩勇追穷寇到建立了强大的国防军,从废除一切不平等条约到独立自主的和平外交政策,从"双百"方针到体制改革后的文化事业欣欣向荣,从扫除文盲到实施科教兴国战略建设新型国家,从翻身解放到实现小康社会,凡此种种,中国人民在每个领域无不留下发展的足迹,写就不朽的诗篇。

　　60 年的时间在历史的长河中可谓沧海一粟。其间究竟发生了些什么,怎样发生的,过程怎样,结果如何,却非人人都清楚知道的。对此,亲身经历者或可鲜活如昨,但对后来者来说却可能只是一个概念，对某段历史的记忆影像或不存在，或是模糊的。基于此，为了让年轻人，特别是青少年永远铭记共和国这段不朽的历史，我们推出了这套《共和国故事》。

《共和国故事》虽为故事，但却与戏说无关，我们不过是想借助通俗、富于感染力的文字记录这段历史。在丛书的谋篇布局上，我们尽量选取各个时代具有代表性或深具普遍意义的若干事件加以叙述，使其能反映共和国发展的全景和脉络。为了使题目的设置不至于因大而空，我们着眼于每一重大历史事件的缘起、过程、结局、时间、地点、人物等，抓住点滴和些许小事，力求通透。

历史是复杂的，事态的发展因素也是多方面的。由于叙述者的视角、文化构成不同，对事件的认知或有不足，但这不会影响我们对整个历史事件的判断和思考，至于它能否清晰地表达出我们编辑这套书的本意，那只能交给读者去评判了。

这套丛书可谓是一部书写红色记忆的读物，它对于了解共和国的历史、中国共产党的英明领导和中国人民的伟大实践都是不可或缺的。同时，这套丛书又是一套普及性读物，既针对重点阅读人群，也适宜在全民中推广。相信它必将在我国开展的全民阅读活动中发挥大的作用，成为装备中小学图书馆、农家书屋、社区书屋、机关及企事业单位职工图书室、连队图书室等的重点选择对象。

编　者
2010 年 1 月

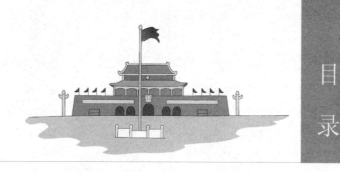

一、 计划出台

● 邓小平指出："世界上许多国家都在制定实施高科技发展计划，下个世纪将是高科技的世纪。"

● 科学家陈芳允说："在科学技术飞跃发展的今天，谁能把握高科技领域的发展方向，谁就可能在国际竞争中占据优势。"

● 宋健指出："'火炬'计划是一面旗帜，它是引导科技界进入世界经济的一项大政策。"

中央号召制定科学规划

1985 年 7 月 5 日，在首都北京，国家科委召开党组会议，研究振兴和发展农村经济的短平快计划，即"星火"计划，同时还提出了包括高新技术开发区在内的高新技术发展设想。

宋健明确提出：

> 高技术比短平快更重要，一定要抓好，要搞出个抓高技术的战略。

这样，为了实现科学技术为经济建设服务的战略方针，国家科委设想要制定几个科学技术发展计划，也就是后来的"星火"计划、"863"计划、"火炬"计划、"丰收"计划等等。

"863"计划、"火炬"计划都是 20 世纪 80 年代，由邓小平同志倡导，与中国的科技体制改革同时制定实施的。但这两个计划又具有不同的特点。

"863"计划主要是一项高新科技计划，是为应对如美国"星球大战"计划那样的向高新科技挑战而产生的；"火炬"计划则是科技力量进入经济建设主战场，是科技发展的战略决策。

1978 年 3 月，全国科学大会召开。邓小平在大会上作了重要讲话。他以马克思主义的远见卓识和理论勇气，作出了科学技术是生产力，科技人员是工人阶级的一部分的论断，为制定新的时期发展科学技术的方针奠定了思想理论基础。

1980 年，邓小平又指出，"科学技术主要是为经济建设服务的"，强调制定国家发展规划要重视科技与经济的协调发展。

1982 年党中央、国务院制定了"经济建设必须依靠科学技术，科学技术必须面向经济建设"的战略方针。

1988 年邓小平指出：

世界上许多国家都在制定实施高科技发展计划，下个世纪将是高科技的世纪。

任何时候，中国都必须发展自己的高科技，在世界高科技领域占有一席之地。高科技的发展和成就，反映了一个国家的能力，也是国家兴旺发达的标志。

现代世界的发展，特别是高科技领域的发展，一日千里，中国也不能不参与。我们不仅要搞加速器，还要参与其他高科技领域的发展。

1991 年 4 月，邓小平又发出了"发展高技术，实现产业化"的号召，明确提出了发展高技术与实现产业化并行的思路。邓小平希望以高新科技产业带动改造传统产业的发展。

各种科技规划的出台，与邓小平不断的思想探索是分不开的。邓小平的一系列思想为中国的高新科技发展及其产业化指明了道路，指导了"863"计划、"火炬"计划的制定和实施。

1985年3月，全国科技工作会议召开，集中研究了科技体制改革问题。

会议以后，中央在关于科学技术体制改革的决定中明确指出：

> 为加快新兴产业的发展，要在全国选择若干智力资源密集的地区，采取特殊政策，逐步形成具有不同特色的新兴产业开发区。

这为我国科技战线揭开了全国改革的序幕。

1985年7月5日，国家科委召开党组会议，提出"星火"计划的同时，又提出了包括新技术开发区在内的高新技术发展设想。这为后来制定实施"863"计划、"火炬"计划、"丰收"计划奠定了基础。

"星火"计划的实施，为科技人员和农民的结合创造了新形式、新经验。"星火"计划为引导农村的自然经济向工业化、集约化方向发展做出了重大的努力，取得了举世瞩目的成就。"星火"计划依靠科技进步推进农业现代化的重大尝试，引导了我国科技兴农的历史潮流。

"863 计划"是国家发展高技术的指令性计划，是靠政府拨款的，但高技术成果还没有实现商品化、产业化。

宋健指出：

> 以人均年产值计算，如果手工业约为 5000 元，传统技术产业为 1 万元左右。那么高技术产业就是 10 万元以上。因此，我们要想过好日子，就必须发展高新技术产业。

1980 年，以中科院物理所研究员陈春先为首的一批科技人员，组成了一个"先进技术发展服务部"，开始探索在中国现有条件下从事"技术扩散"的模式。在陈春先等人的带动下，北京中关村地区的各种类型的科技企业如雨后春笋，越来越多。

1988 年 5 月，国务院在总结"中关村电子一条街"经验的基础上，正式批准建立北京市高新技术开发试验区，并施行 18 条优惠政策。

"中关村电子一条街"的实践，突破了几十年来人们思想观念中的习惯与禁锢，让人们初次领略了高新技术的真正价值和在中国实现高新技术向产业化转移的可能。这样，创造了一条有中国特色的发展高新技术的道路，为"火炬"计划的实施开辟了途径。

科学家向中央提出建议

1986 年 3 月 3 日，著名科学家王大珩把一份建议书郑重托付给了时任科学技术部副主任的张宏。当天晚上，张宏就将这份材料送到了邓小平手中，材料中所附的短信里写道：

敬爱的小平、耀邦同志：

首先向你们致敬！

我们四位科学院学部委员，即王淦昌、陈芳允、杨嘉墀、王大珩，关注到美国"战略防御倡议"，即星球大战计划，对世界各国引起的反应和采取的对策，认为我国也应采取适当的对策。为此，提出了"关于跟踪研究外国战略性高技术发展的建议"。现经我们签名呈上，敬恳察阅裁夺。

我们四人的现任职务分别是：

王淦昌　核工业部科技委副主任

陈芳允　国防科工委科技委专职委员

杨嘉墀　中国空间技术研究院科技委副主任

王大珩　科学院技术科学部主任

王大珩敬上

1986 年 3 月 3 日

王大珩等 4 位科学家联名给中央写信，是经过了长时间思考的。他们为了写这封建议书，花了整整一个月的时间。科学家们联名写信的原因，要从美国的"星球大战"计划说起。

1983 年 3 月 23 日夜，美丽的华盛顿非常安静，似乎到处都呈现出一派和平安详的气氛。里根总统坐在椭圆形的办公室中，对着摄像机沉默的镜头，微笑着作了电视讲话。曾经是美国中西部最著名的体育节目播音员的里根总统，声音依然动听。

里根说：

> 由于核武器令人生畏的破坏力，我们必须谋求另外一种遏止战争发生的手段。
>
> …………
>
> 我宣布，我已决定为实现这个目标迈出重要的第一步，下令制定一个全面深入的研究计划，即战略防御计划，这个计划的目的在于最终消除由携带核弹头的弹道导弹所造成的威胁。
>
> …………
>
> 我号召我国科学界，那些给我们造就了核武器的人们，现在把他们的伟大才智转向人类和平事业，向我们提供使这些核武器失去作用和陈旧废弃的手段！

里根上台以后，他一直在寻求一种能扭转军事力量对比中的对美不利趋势，重获对苏军事优势的有效方法。

讲话发出三天后，里根命令国防部部长温伯格和国家安全顾问克拉克负责组织力量着手制定一项落实其讲话精神的具体计划。随后，美国国防部于1983年10月正式向总统和国会提出了一项被称之为"战略防御倡议"的计划，即"星球大战"计划。

1984年1月6日，里根总统发布了国家安全决定第114号文件，正式下令开始执行新的"星球大战"计划。1985年6月20日，经美国众议院批准，美国国会为"星球大战"计划拨款25亿美元。

"星球大战"计划是以天空为基地实施全导弹拦截的综合防御体系。其实质既是军备发展计划，又是高技术发展计划，它的出台，预示着一个全球性的高科技时代即将到来。

"星球大战"计划一出笼，立即在世界掀起了狂涛巨澜。甚至有人打比方说：里根总统打了一个小小的喷嚏，便在全世界引起了一场大感冒。

最先"感冒"的，当然是苏联。苏联国防部部长索可洛夫当即在一次内部会议上表示接受挑战。

索可洛夫说：

> 如果美国开始宇宙军事化，从而破坏现有的战略均势，那么苏联除了采取恢复均势的反

措施以外，别无选择。

接着，苏联总统戈尔巴乔夫也郑重宣布：

　　如果苏联将被置于来自宇宙的现实面前，苏联就会找到有效的反击的办法。但愿谁也不要对此表示怀疑。

此后，戈尔巴乔夫开始了一系列的部署，还提出了《高科技发展纲领》。闷头做事，而不到处宣扬，是苏联人的一贯作风。

里根说：

　　苏联人长期以来一直就他们的战略防御计划进行深入的研究，他们只是不谈而已。据悉，多达一万多名苏联科学家和工程师正在从事与战略计划有关的研究。他们干得如此出色，以至我们的专家们说，他们在本世纪末能把一个先进的防御系统部署到太空。

1985 年 4 月 17 日，法国召开了政府内阁会议。在此会议上，针对美国"星球大战"计划，法国总统密特朗首先提出了建立"技术欧洲"的计划，即"尤里卡"计划。"尤里卡"计划是西欧在面临巨大挑战和压力的情况下"自我觉醒"的产物。"尤里卡"这个名字一经呼出，很快受到西欧大多数国家的关注和欢迎。

"尤里卡"原是古希腊语，意思是"好啊！有办法啦"。相传，古希腊学者阿基米德，有一次在浴盆里洗澡，突然来了灵感，想到了他久未解决的计算浮力问题的办法。他高兴得衣服都忘了穿就跑出来，如痴如醉地喊着"尤里卡，尤里卡"，从此发现了阿基米德定律。

这个被人称之为"尤里卡"或"在洗澡间里想出来的主意"，首先得到了德意志联邦共和国的重视和支持。随后，法国和德意志联邦共和国又共同拟订了"尤里卡"计划的文件，呼吁共同体诸国积极加入。6月底，欧洲共同体首脑会议对"尤里卡"计划表示原则同意。

1985年7月17日和18日，西欧17国的34名外交部部长和科研部部长以及欧洲共同体委员会主席纷纷聚首巴黎，对"尤里卡"计划展开了正式的讨论。巴黎会议结束后，西欧17国还发表了联合公报，正式宣布了"尤里卡"计划的诞生。

"尤里卡"计划建议西欧各国加强在尖端技术领域的合作，逐步成立"欧洲技术共同体"。当时制定了计算机、生物工程、新材料等五大方面的合作计划。

"尤里卡"计划项目达300多个，其中有24个重点攻关项目。到1993年底，"尤里卡"共举行了11次部长会议。成员除欧共体委员会外由17个增加到22个国家。1992年匈牙利作为东欧第一个国家加入了"尤里卡"。

1993 年俄罗斯也申请加入了"尤里卡"。

此外，美国、日本、加拿大、以色列和波兰等 12 个非"尤里卡"成员国的企业和科研机构也先后参加了 26 个"尤里卡"研究项目。"尤里卡"计划的实施，不仅对欧洲，而且对整个世界经济、政治产生了重大影响。

同处一个地球的亚洲各国面对这样的国际局势，当然也不甘示弱。日本是冲在最前面的亚洲国家。作为一个资源严重缺乏的岛国，日本深感没有高技术就难以在 21 世纪立足。

美国的"星球大战"计划刚一出笼，日本政府当即便作出积极反应，率先提出了"今后十年科学技术振兴基本政策"。

中曾根首相还在国会答辩中表示：

> 对美国的"星球大战"计划提供技术合作问题，将依据 1983 年 11 月两国就美国提供武器技术所达成的一揽子协议进行，必要时还可以考虑派遣技术专家进行专门的洽谈……

还有其他许多国家，也都制定了相应的政策规划。如印度发表了"新技术政策声明"，韩国推出了"国家长远发展构想"，南斯拉夫也提出了"联邦科技发展战略"……

这样的国际局势，对中国无异也是巨大的威胁和挑战。中国的政治家、科学家也在考虑怎么办，考虑中国如何制定发展自己的科技规划。

当时，在国内，社会主义现代化建设正如火如荼地进行，急需高新科技的快速发展与之配合。

面对国际国内形势的巨大压力，中国的科学家再也坐不住了，他们开始从国家战略的高度上来思考中国的高科技发展问题，不得不考虑中国在 21 世纪的国际地位、竞争能力以及发展前景问题。在挑战和机遇的双重作用下，中国的科学家们开始了对中国高科技发展问题的苦苦思索。

中国该怎么办？这个问题成天都在科学家陈芳允的脑子里打转。陈芳允是我国著名的无线电电子学家和卫星测控专家，中国第一颗卫星"东方红"1 号的测量控制系统就是由他主要负责研制的。

要认出这位大科学家，只要记住两个特点就错不了。一是自己给自己理发，二是自己给自己缝补衣服。这位在中华人民共和国成立 50 周年之际，与王大珩等 23 位科学家共同荣获"两弹一星功勋奖章"的著名科学家，生活异常俭朴，做人也十分本分。每次出门在外，这位大科学家不是被人当成看门的老工友，就是被认做工厂的老师傅。

1983 年 11 月，国务院经济技术研究中心组织了全国上千名专家，对如何发展新技术的问题进行了研究，并在此基础上提出了长达 150 万字的《中国迎接世界新技术革命浪潮挑战和机会对策的研究》报告。

1986 年初，国防科工委召开了国防科技计划会议，研究国防科技的计划和今后的发展问题，陈芳允出席了这个会议。参加这次会议的还有著名科学家王大珩。

在大会上，科学家们就美国的"星球大战"计划以及中国如何应对这一轮新的科技挑战问题做了讨论。

当时专家学者们普遍认为，从表面上看，"星球大战"只是一个重点针对苏联军事威胁的战略防御计划。但从此计划囊括了大批新兴尖端科学技术这一点看，美国此举不仅有强烈的军事目的，还有深远的政治目的。

但是，在中国应该采取什么对策这个问题上，科学家们存在着很大的分歧。一种意见认为，我们也应该搞。理由是，在科学技术飞跃发展的今天，谁能把握住高科技领域发展方向，谁就有可能在国际竞争中占据优势。我们不能轻易放弃这个机会。

另一种意见则截然不同，这一部分科学家认为，中国目前还不具备全面发展高科技的经济实力。现在搞高科技，中国可以先搞短期见效的项目。等美国搞出来以后，中国也赚了钱，有了经济实力，就可以利用美国的科技成果了。

在这次会议快到中午的时候，陈芳允和王大珩相继发了言。王大珩在会议上提出，这是一次世界性的发展高科技的机会，中国应该把握住这个机会，积极参与世界性高科技领域竞争，不能延误时机，应尽早出台相应的决策。

时任国防科工委专职委员的陈芳允说：

> 在科学技术飞跃发展的今天，谁能把握高科技领域的发展方向，谁就可能在国际竞争中占据优势。我国的经济实力不允许全面发展高科技，但我们在一些优势领域，首先实现突破却是完全可能的。

在会议中，王陈二人都发现对方的见解与自己有很多的共同之处。最主要的是，两人都认为，虽然我国的经济实力目前还不允许全面发展高科技，但争取在一些优势领域首先实现突破则是有可能的。

这一类的会陈芳允、王大珩都参加过许多次了。每参加一次会，他们的心中都会平添几分焦灼，增加几分沉重。

仅仅在一年多的时间里，就有包括各大强国在内的六七个国家相继出台了科技发展大举措，这在世界发展史上是前所未有的。1985 年也因此而成为举世瞩目的"星球大战年"。而这时，已经是 1986 年了，中国还在这个问题面前犹豫徘徊，科学家们怎能不忧虑。

会议结束后，王大珩坐在回家的车里，思绪长时间地停留在会议讨论的问题上。

陈芳允回家以后，也一直在思虑着会议上讨论的问题。陈芳允对会议上的讨论觉得不够满意，他认为很有必要找王大珩深入探讨一下。当天晚上，陈芳允就来到中关村中科院的宿舍楼，敲响了中国著名的应用光学专家王大珩家的门。

听到敲门声，王大珩立即起身，走去开门。打开门一看，来的不是别人，正是当年与自己一起投身"两弹一星"宏伟工程的陈芳允。

王大珩将陈芳允让到屋里的沙发上，打开了落地灯。陈芳允首先开口说："老王，你又熬夜了?"

"你不是也一样吗?"王大珩话音未落，二人一起轻声笑了起来。

王大珩微笑着说："芳允，我知道你为什么半夜来访，我猜出来了。"

陈芳允在沙发上欠了欠身："我这几天在想，不能再坐而论道了，形势逼人，该做些什么了!"陈芳允把自己对中国高科技发展问题的一些想法向王大珩和盘托出。

听完了陈芳允的话，王大珩激动地从沙发上站起来："老伙计，我们想到一块去了! 咱们得好好聊聊。"

两人认为，搞"两弹一星"的时候，我们的国力还不如现在雄厚。但我们硬是咬着牙搞出来了，人家就不得不对我们另眼看待，就不得不在国际政治舞台上让我们占据一席之地。

现在我们虽然还很落后，仍不富裕，但情况比那时毕竟是好得多了。如果这一步落下了，我们就有可能被新技术革命的浪潮所抛弃。

国家与小家一样，都要精打细算过日子，都得把钱用在刀刃上。有些钱是可以不花的，但有些钱是不得不花的。涉及国力竞争，牵涉国家命运的钱就不得不花，而且是必须要花！

两人想，没钱我们突出重点项目行不行？我们制定有限目标行不行？没钱我们少买几辆豪华轿车行不行？我们不坐进口汽车，坐我们自己的国产车行不行？

随着时间不知不觉地流逝，两位科学家的探讨也越来越深入。陈芳允说："我想，事不宜迟，不能再坐失机会，我们应当马上动手给中央领导写一份关于发展我国高技术的建议，供中央决策时参考。"

"就这么办！"王大珩说，"为了节省时间，我看就给邓小平写封信吧！把建议书直接送到他手里。"就这样，两人在这天晚上作出了给上层写信的决定。

中科院研究空间科学的专家潘厚仁是王大珩的助手，王大珩把写信的事情给潘厚仁说了，并把信件的思路告诉他，让他先理出个初稿。

几天以后，潘厚仁拿着写了一半的稿子找到王大珩，说后面的自己写不下去了。王大珩接过稿子看了一遍，觉得文章只对美国的"星球大战"计划进行了实质性论述，而对中国到底怎么办的问题论述不够。

看着潘厚仁苦恼的样子，王大珩准备亲自操刀，完成这个任务。晚上，王大珩展开信纸，怀着对历史、对祖国不可推卸的责任感拿起了笔。王大珩写道：

> 为了我国现代化的继续前进，我们就得迎接这新的挑战，追赶上去，绝不能置之不顾，或者以为可以等待10年、15年。

这个话题实在是太重要、太沉重了，写了一会儿，王大珩本能地调整了一下呼吸，把笔搁在了桌子上。在以后一个多月的时间里，王大珩把这份建议写了又写，修改了又修改。最后这一份《关于跟踪研究外国战略性高技术发展的建议》的初稿终于完成了。建议书主要提出了这样几个迫在眉睫的问题：

> 高科技问题事关国际上的国力竞争，中国不能置之不理。在关系到国力的高技术方面，首先要争取一个"有"字，有与没有，大不一样。真正的高技术是花钱买不来的。
>
> 鉴于我国的经济情况，从事高技术的规划与范围，无法与工业发达国家相比。因此，必须"突出重点、有限目标"，强调储备与带动性。积极跟踪国际先进水平，要能在进入所涉及领域的国际俱乐部里占有一席之地。
>
> 发挥现有高技术骨干的作用，通过实践，培养人才，为下一个世纪的发展做好准备。要

有紧迫感，发展高技术是需要时间的，抓晚了
就等于自甘落后，难以再起。

建议书写好以后，王大珩首先请陈芳允提意见。陈
芳允看到文章后连声称赞，同时又在建议书中补充了高
科技与国民经济的内容。然后，他们又把建议书分别送
到了王淦昌和杨嘉墀的手上，这两个人也是"两弹一星
功勋奖章"的获得者。

王淦昌是世界著名的核物理学家，"两弹一星"的大
功臣。早在20世纪五六十年代，王淦昌就在苏联杜布纳
联合核子研究所的高能加速器上发现了反西格马负超子，
震动了全世界。

从1961年至1978年，王淦昌为了研制中国的第一颗
原子弹，出于保密的需要，将自己的名字改为王京，隐
姓埋名长达17年之久，直到1978年，王淦昌才出现在全
国科学大会的主席台上。

杨嘉墀是著名的航天专家。他曾当选为国际自动控
制联合会空间委员会副主席、国际宇航联合会执行局副
主席、国际宇航科学院院士，曾参加过我国第一颗人造
卫星、第一颗原子弹、返回式卫星、"实践"1号卫星以
及"一箭三星"的研制和设计工作，尤其在卫星的自动
控制方面，为祖国作出了杰出的贡献。

1983年，这位老人出任中国空间技术研究院科学技
术委员会副主任，从此他将更多的目光投向世界，开始

从国家战略的高度着重思考中国空间技术的前景及高技术的发展问题。

看过王大珩起草的建议书后，王淦昌和杨嘉墀两人都表示完全赞同。在对建议书进行了逐字逐句的推敲后，王大珩拿起笔正式起草。最后四位科学家郑重地签上了自己的名字，王大珩、王淦昌、杨嘉墀、陈芳允。

随后，王大珩又给邓小平等中央领导人写了一封内容简短的信。

信写好了，四位老科学家又要考虑怎么向中央送的问题。他们认为，中央领导人公务繁忙，看到信也许会批，但也许会搁置下去。另外，按常规渠道向中央送信，一级一级往上走，估计没有几个月也送不上去。

这时，王大珩想到了他的另外一个助手张宏。张宏也在中科院技术科学部，他跟邓小平有特殊关系。很快，王大珩把张宏找了过来。

张宏在听了四位老科学家的建议后，表示对他们的心情非常理解，并痛快地从王大珩手中接过了信。张宏设法于当天就把信送到了邓小平的办公室。信送上去了，四位科学家开始期待着中央来的好消息。

中央实施 "863" 计划

1986 年 11 月 18 日，中共中央国务院正式发出了关于《国家高技术研究发展计划纲要》的通知。

通知指出，中央认为，当代世界的新技术革命，将对人类社会的经济生活和社会生产产生重大影响。这个计划纲要是经过各方面专家反复论证后制定的，符合当前改革开放的方针，与我国国情也比较相适应。只要精心组织实施，纲要中的任务有可能在 15 年左右的时间内顺利完成。

"纲要"提出生物技术、航天技术、信息技术、先进防御技术、自动化技术、能源技术和新材料等 7 个领域中的 15 个主题项目，作为我国今后发展高技术的重点。

"纲要"希望通过 15 年的努力，力争达到下列目标：

在几个最重要高技术领域，跟踪国际水平，缩小同国外的差距，并力争在我们有优势的领域有所突破，为本世纪末特别是下世纪初的经济发展和国防安全创造条件。

培养新一代高水平的科技人才。

通过伞形辐射，带动相关方面的科学技术进步。

为下世纪初的经济发展和国防建设奠定比较先进的技术基础，并为高技术本身的发展创造良好的条件。

　　把阶段性研究成果同其他推广应用计划密切衔接，迅速地转化为生产力，发挥经济效益。

　　中国的宏伟的高技术研究发展计划，就这样坚定地开始实施了。国务院关于《国家高技术研究发展计划纲要》通知的正式发出，标志着我国的"863"计划进入实施阶段，也标志着科学家们对中国高新科技发展的争论暂时告一段落。

　　中央对"863"计划的批准公布实施，是在邓小平的关怀指导下快速进行的。

　　1986年3月3日，一份《关于跟踪研究外国战略性高技术发展的建议》通过非正常渠道呈送到邓小平面前。同时上面还附着一封措辞简短的信。上面署着王大珩等四位科学家的名字。

　　邓小平快速地看了这份建议。在建议中，四位科学家认为：

　　　对国外的高技术竞争浪潮绝对不能置之不理，应当根据国情选择有限的目标，积极跟踪研究，并尽可能在某些方面得到领先成果，只有这样才能与国外科学界进行对等的交流。为了做到这一点，就应该特别珍惜经多年培养出来的高科技人才，不要轻易散掉或改行。

仅仅两天后的 3 月 5 日，邓小平就作出了批示：

这个建议十分重要，找些专家和有关负责同志讨论，提出意见，以凭决策。此事宜速作决断，不可拖延。

1986 年 3 月 8 日，即邓小平批示后的第三天，国务院便召集有关方面的负责人，对王大珩等四位科学家的建议信进行了充分的讨论。会议最后决定，由国家科委主任宋健和国防科工委主任丁衡高负责组织论证我国高技术发展计划的具体事宜。

接着，国务委员张劲夫邀请四位科学家就信中所提到的有关问题专门做了一次交谈。张劲夫详细听取了四位科学家的意见后，问了一个最关键的问题："这个计划你们预算过没有，大体需要多少钱？"

四位科学家相互看了看，谁都没有回答，显得既敏感又迟疑。别看四位科学家谈起科学问题来头头是道，滔滔不绝，但穷惯了也节省惯了的他们一旦真要说起钱来，便一下显得难以启齿了。

再说，科研经费是个很难说的数字，说少了，高科技很难搞起来；说多了，说了也等于白说，不但得不到所要的经费，反而连计划也可能告吹。

"说吧，没关系。"张劲夫当然知道四位科学家的心理，便鼓励说，"你们说个基本的数字出来，我好向国务院领导汇报。下一步作经费预算时，也好有个底。"王淦昌这才说了一句：

能省就尽量省吧，一年能给两个亿就行。

1986 年 4 月，全国 200 多名科学家云集北京，讨论研究《国家高技术研究发展计划纲要》。从 1986 年 3 月到 8 月，国务院先后召开了 7 次会议，组织专家讨论制定"纲要"。

国务院科技领导小组又用了近半年的时间，组织了124 位各个领域的专家，分成了 12 个小组，对"纲要"进行了反复的探讨和论证，最终才形成了《国家高技术研究发展计划纲要》。

"纲要"从世界高技术发展趋势和中国的需要和实际可能出发，坚持"有限目标、突出重点"的方针，共选入了 7 个领域的 15 个主题项目。这 7 个领域是：生物技术、航天技术、信息技术、激光技术、自动化技术、能源技术、材料技术。

计划的具体事宜由国家科委和国防科工委组织。当时，宋健、吴明瑜分别任国家科委主任、副主任。吴明瑜跟宋健提出，如果制定"863"计划，那涉及计划的基本方针是什么？因为写信的四位科学家都在国防系统，着重从国防角度出发，但国家在当时已经进入了和平建设时期，该以哪个为重点？

吴明瑜就计划提出了"军民结合，以民为主"的建议。他们的意见得到了邓小平的赞成。

1986 年 8 月，国务院常务会议通过了这个"纲要"，邓小平批示说：

我建议，可以这样定下来，并立即组织实施。

1986 年 10 月，中央政治局召开扩大会议，批准了"纲要"，并决定拨款 100 亿。这大大出乎了四位科学家的预料，他们认为当时国家还处于困难时期，而他们提的建议主要是在国防科技上，估计能花几个亿就不错了。

经过充分的论证，我国的《国家高技术研究发展计划纲要》终于制定出来了。"纲要"选择了生物、航天、信息、激光、自动化、能源、材料等 7 个技术领域的 15 个主题项目，开始了高技术的攀登。

1986 年 11 月 18 日，国务院正式发出了关于《国家高技术研究发展计划纲要》的通知。至此，一个面向 21 世纪的中国战略性高科技发展计划正式公之于世。

1987 年 2 月，由国家科委开始组织实施。这个计划根据王大珩等人提出的建议，采取了制定有限项目、实行重点突破的方针，重点选择那些对国力影响大的战略性项目，强调项目的预研先导性、储备性和带动性，并按照邓小平的指示，实行军民结合、以民为主的原则。

这是一个跟踪国际水平、缩小国内外科学技术水平的差距，在有优势的高技术领域创新、解决国民经济急需重大科技问题的国家高技术发展计划。

由于这个计划建议的提出和邓小平的批示都是在1986年3月进行的，故命名为"863"计划。这个由科学家和政治家联手推出的名字"863"一下子就叫响了。

这就是举世瞩目的"863"计划。后来，当王大珩谈到包括自己在内的四位科学家对"863"计划起到的作用时，他这样说：

> 我们几个人顶多是起了些催化剂的作用，或者说是为"863"计划点了一根火柴。

宋健在《两弹一星元勋传》中这样评价这四位科学家，他写道：

> 这个催化剂能否正确地发挥作用，关键取决于作用者是否具有敏锐的目光和胆识。

但一个计划不仅仅是在于它被制定出来或者发布出去就算完成了，它还要经过实践的检验，在实施中得到补充完善。

王大珩说：

"863"作为一个计划，它是在不断探索中加以完善的，是在滚动中得到发展的。比如起初我们对海洋领域就没有充分考虑，后来根据世界高新技术的发展趋势，就把它及时地加进去了；比如通信，我们当初意想不到它在过后的几年会发展得那么迅猛，后五年我们的决策部门审时度势添加了这一项，现在我国通信领域的高技术研究和产业化业绩令世人瞩目；航空过去一直游离于高技术研究与发展领域，现在大家达成了共识，航空在我国应有的高技术地位也得到了确立。现在，"863"计划已经和我国国民经济建设的"五年计划"对接起来了，相信它随着时间的推移会发挥出不可估量的深远作用。

在党中央、国务院大力推进科教兴国战略，邓小平关于"科学技术是第一生产力"的科学论断深入人心的形势下，我国高技术研究发展计划"863"计划的实施得到了不断深入。经过"七五"入轨，"八五"攻坚，"九五"拼搏，"863"计划的预期目标于2000年已基本完成。

从此，"863"计划作为我国高科技的一面旗帜，引领着中国科技发展的脚步。

中央决策制定"火炬"计划

1988 年 8 月 6 日,经过全国各有关部门紧张的筹备,在首都北京,第一次"火炬"计划工作会议在国家科委的主持下正式召开。

国务委员兼国家科委主任宋健出席会议。国家科委常务副主任李绪鄂宣布,"火炬"计划正式开始实施。会议讨论了《火炬计划纲要》《关于高技术、新技术企业认证条件和标准的暂行规定》等文件。

从此,以促进高新技术向产业转化为宗旨的"火炬计划"正式出台。"火炬"计划是中国高新技术产业的旗帜,它指导着中国的高科技产业化道路不断前进。

"火炬"计划的正式推出,受到科研院所、大专院校和广大科技工作者的支持和拥护。中国舰船研究院院长陆建勋说:

> "火炬"计划对于大院大所来说具有深远的意义,是引导我们走向深化改革的第二条创业之路。

"火炬"计划的制定,是中央领导深思熟虑的结果,是面对当时国际国内形势作出的英明决策。

20 世纪 70 年代以来，伴随着微电子、信息、生物、新材料、新能源等高新科学技术的蓬勃发展，出现了机械电子、光电子、办公自动化、电子医疗、新能源、新材料、现代生物制品等高新科技产业。

这些建立在高新科技基础之上的新兴产业同传统产业相比，技术、资金更加密集，产品附加值较高。这些新兴产业的发展，促进了传统产业的改造，带来了产业结构的优化。劳动就业和经营管理方式的变化，加剧了国际市场的竞争。

因此，一些发达国家，甚至发展中国家和地区，竞相追逐，不甘落后，使得高新技术产业的竞争成为当今世界经济发展的潮流。

许多的发达国家、一些新兴工业化国家及地区，为了加强经济实力和国际竞争能力，都在重新调整产业结构，向发展中国家转移传统产业，以便腾出力量来加速发展外向型经济和高新技术产业。

面临着同发达国家和新兴工业化国家与地区从经济实力上拉大差距的危险，中国也急需自己的科技产业。

对此，宋健指出：

国际间经济竞争、综合国力竞争，实质上是科学技术竞争，是人才、成果的数量和水平的竞争。但是，科技优势只有转化为直接生产力，实现产业化、商品化，才能变为实际的经济优势。否则只能是潜在优势，而且会逐渐过时、丧失、落后。

我国当时已基本上具备了大力发展高新技术产业的条件。我国还具有令许多发展中国家羡慕的科技力量。但是，我国的科技大军还未能充分发挥作用，相当一部分科技人员工作任务不饱满。

宋健指出：

根据调查，当时全国 800 多万科技人员，三分之一没事干，三分之一工作不饱满，只有三分之一在忙碌。

1985 年春天，中央作出科技体制改革的决定以后，我们感到不能再这样下去了，要创造新的方法和条件，引导科技工作更多地更直接地为发展国民经济服务。

就在这种情况下，国家科委的同志酝酿，要搞几个计划，推动科研院所、大专院校的科技人员下去，采取各种方式为经济建设服务。

1986 年底，党中央、国务院正式批准了"863"计划。在"863"计划中着重阐明：

要有选择地在几个重要的高新技术领域跟

踪世界水平，建立必要的高新技术产业。

1987年10月，中国共产党第十三次全国代表大会提出，为了合理调整和改造产业结构，我们要"以运用先进技术改造和发展我国传统产业为重点，同时注意发展高新技术新兴产业"。

沿海地区和一些中心城市的政府部门对发展高技术、新技术产业的积极性很高，除早期的"深圳科技工业园区"和北京的"电子一条街"外，北京、上海、武汉、南京、天津、广州、兰州、西安、沈阳、长沙和桂林等市都着手制定高新技术产业开发区的总体规划和优惠政策，并开始筹集资金，选定一些有自己特色的高新技术产品项目作为发展高技术产业的起点，为在将来开发出一大批具有竞争能力的高技术、新技术产品，建立起一批高技术、新技术企业，并在若干领域为逐步形成高新技术产业打下基础。

1988年初，党中央、国务院作出沿海地区经济发展战略的决定。1988年2月，中央领导同志在各省、自治区、直辖市负责同志座谈会上的讲话中进一步明确提出：

> 凡有条件的企业，都要争取多出口高价值、高档次的商品，我们还要努力发挥中国科技开发能力强的优势，积极发展高新技术产业和开发高新技术产品。

1988 年 3 月，在中央财经领导小组会议上，中央领导同志指出：

发挥我们科技力量较强的优势，努力开发高新技术产业。

在科技力量密集的地区兴办高新技术产业开发区，是发展高新技术产业的可行办法。可先集中力量搞两三个试点，不要一下子搞得很多。

北京中关村电子一条街兴办高新技术产业的经验值得重视。要在总结他们的经验基础上，制定一个建立高新技术产业开发区的条例，研究、解决好有关政策问题。

会议同时指出这是沿海经济发展战略的一个重要内容。党中央和中央领导同志的这些指示为我国高新技术产业的发展带来新的契机。

1988 年 8 月 6 日，国家科委主持召开了第一次"火炬"计划工作会议，标志着我国以促进高新技术向产业转化为宗旨的"火炬"计划正式出台。

国家非常重视"火炬"计划，后来，各种扶持配套政策相继出台。国家科委与财政部联合下发的关于开发性科研单位交纳"两金"，即能源基金和预算基金计算办法的通知，这从政策上给"火炬"计划以有力支持。

各省、市地方党委和政府也十分重视"火炬"计划。他们纷纷将实施"火炬"计划与"科技兴省""科技兴市"紧密结合起来，从加强领导，制定政策与规划，筹措资金等方面，进行了全面而具体的安排落实，有力地推动了"火炬"计划的实施。

"火炬"计划是实现我国高技术、新技术的商品化、产业化、国际化的一个指导性计划。

宋健指出：

> "火炬"计划是一面旗帜，它是引导科技界进入世界经济的一项大政策。

"火炬"计划与"863"计划相衔接，根据国家计划和国内外市场需求，以高新技术产品为龙头，以高新技术成果为依托，以大中型企业、大院大所和高等院校为骨干力量，促进了高新技术产业的形成与发展。

正因为如此，"火炬"计划一出台，便受到了社会各界的热烈欢迎和积极支持。国务院科技、计划、财政、税务、银行、外交、外贸、工商以及海关等有关部门共同制定了一系列扶植政策及配套措施，初步形成了一个有利于高新技术产业发展的政策环境。

二、 科技发展

● 邓小平说："世界上一些国家都在制定高科技发展计划，中国也制定了高科技的发展计划，下一个世纪是高科技发展的世纪。"

● 两弹元勋王大珩院士说："'863'计划提出来，原则上是一个比较长远的目标，是为下一个世纪该干的事情多做一些准备工作。"

● 超导专家赵忠贤说："我把希望寄托在80后、90后这批年轻人的身上。"

邓小平关心高科技计划

　　1988 年 10 月 24 日，时隔 4 年，又逢金秋。邓小平又一次来到中国科学院高能物理研究所，来到北京正负电子对撞机国家实验室。邓小平此行是为了祝贺北京正负电子对撞机工程的竣工。

　　这天上午，刚刚雨过天晴，位于北京西郊的北京正负电子对撞机国家实验室，繁花似锦，一派节日气氛。

　　4 年前，这里还是一片荒野，邓小平亲自挥锹为对撞机工程奠基，揭开了建造我国第一座高能加速器的序幕。在这以后 1000 多个日日夜夜里，10 多个部委，几百家工厂、研究所和高等院校的近万名科学家、工人、干部，夜以继日，艰苦奋斗，终于迎来了成功。

　　9 时多，中央其他一些领导同志首先来到了高能物理所。大家都在学术报告厅的一楼会议室里等待邓小平的到来。

　　10 时整，邓小平准时来到了报告厅会议室。中科院院长周光召代表中国科学院向邓小平作了汇报。在汇报中，周光召介绍了北京正负电子对撞机的建造过程以及实现对撞的现状，邓小平听后十分高兴，带头鼓掌表示热烈祝贺。

　　在电子直线加速器速调管长廊，邓小平参观了加速器的样管，并听取了谢家麟教授的工程情况介绍，同时还观看了正负电子对撞机运输线、隧道和储存环等。

隧道是长达几百米的电子注入器所在地，空气闷热，机声隆隆。邓小平仍然很有兴趣地听取周光召、李政道等科学家的讲解。走完隧道，便是工程的另一部分贮存环。

从隧道到储存环，必须弯腰穿过低矮的区间，跨过高台阶，邓小平总是步履稳健地走过去。从储存环到控制室，他又一口气攀登了 100 多级台阶。在参观过程中，有人迎来搀扶，或搬来椅子请他歇息，他都说"不用，不用"。

后来大家来到正负电子对撞机国家实验室。周光召院长向邓小平介绍说，电子对撞工程得到了国际高能物理界，特别是李政道先生组织的美国五大国家实验室的一流专家的支持。听到这里，邓小平禁不住又鼓起掌来。

在这里，邓小平还紧紧握住科学家李政道先生的手说："感谢你为这个工程做了许多工作。"李政道后来回忆说：

> 小平先生又一次来到高能物理所，满怀喜悦地听取我们的情况介绍，那情景感人肺腑。
>
> 小平先生一边走，一边看，一边问，这是什么？做什么用的？为什么做这个实验？有什么结果？将来在世界上有什么发展？小平先生

问的时候不是马马虎虎，而是十分认真，因此花了很多时间，在高能所一下待了两个多小时。

李政道生于上海，是王淦昌弟子，曾留学美国。他为中国的电子对撞机事业作出了杰出的贡献。电子对撞机是一项高精密科技，它的研制对加工精度的要求比航空、航天还要高，里面许多设备的制作在国内都是首创。

1982 年，在我国高能物理事业举棋不定的关键时刻，李政道帮助我国选择了一个既先进又符合国情的方案。他还促成了中美高能物理合作，使工程在选择方案、进行设计和建设中都得到了美国高能物理界的帮助和支持。对撞机之所以能如期建成，成为当时世界上唯一的高亮度电子对撞机，并作出了重要的物理结果，都是与李政道的努力分不开的。

李政道对北京正负电子对撞机的建造过程一直十分地关注，对建设中遇到的种种困难，他也想方设法通过国际交流和帮助来一一解决。尽管为电子对撞机付出了这么多劳动，李政道却从来不提自己在其中的功劳。

电子对撞机项目竣工时，李政道对北京正负电子对撞机的建造给予了高度评价，认为它是"世界上少有的完全达到原设计要求的重大实验设施"。同时，他还履行诺言，将谷羽送给自己的"小金马"转赠给了提前一年多建成的北京正负电子对撞机，并祝愿北京正负电子对撞机永远向前奔腾。

这个"小金马"是国家对谷羽女士作出的高规格奖励。谷羽是北京正负电子对撞机工程领导小组负责人，她在工程建设过程中作出了突出贡献，所以国家给予她特别奖励。1985年谷羽把它赠送给了为北京正负电子对撞机建设付出大量心血的李政道教授作为纪念。李政道在接受这个珍贵礼物时，许诺将其献给建成的电子对撞机工程，并最终实现了这个诺言。

在中科院院长周光召的陪伴下，邓小平接见了物理所有关的科研人员。周光召还向邓小平介绍了已经升任高能物理所副所长的陈森玉。

陈森玉是福建省仙游县人，1939年12月出生。曾在清华大学物理系学习，后来又多次赴美进修。陈森玉主持了北京正负电子对撞机的总体调试，他创造性地完成了北京正负电子对撞机储存环的理论设计、加工制造、安装和调试，使北京正负电子对撞机的性能在物理能区处于世界领先地位。

周光召指着陈森玉对邓小平说："这位是我们工程里最年轻的领导。"我国通过对北京正负电子对撞机的建造，不但使一大批中青年科研骨干成长起来，有的还走上了领导岗位。听了周光召的介绍，邓小平紧紧握住陈森玉的手，频频点头，表达了内心的喜悦和由衷的赞许。

邓小平在1988年10月戒了烟，研究员柳怀祖不知道这个情况，这天他在接待厅向邓小平敬了一支烟。恐怕邓小平拒绝，柳怀祖专门对他解释说："小平同志，这里不是实验室，可以抽烟。"邓小平摆摆手，笑着说："不抽了！"

柳怀祖听后大为惊讶，他说："您烟瘾那么大，戒烟一定很难吧?"小平同志却很轻松地说："没有什么难，说不抽就不抽了。"柳怀祖后来提到这件事，还深有感触地说：

　　在戒烟这件小事上，我又看到了小平这位伟人果断、刚毅的性格。

视察完北京正负电子对撞机，中国科学院院长周光召代表工程建设领导小组，邀请邓小平同志作即席讲话。坐在沙发上的邓小平侧过脸，向当时同来的一位中央主要负责同志说："你先讲吧！"

这位中央负责同志连忙回答说："还是小平同志先讲吧！"于是邓小平同志不再谦让，在大家一片热烈的掌声中，他开门见山地说：

　　世界上一些国家都在制定高科技发展计划，中国也制定了高科技的发展计划，下一个世纪是高科技发展的世纪。

邓小平说的我国这个高科技发展计划，就是著名的"863"计划。接着，邓小平讲道：

说起我们这个正负电子对撞机工程，我先讲个故事。有一位欧洲的朋友，是一位科学家，向我提了一个问题：你们目前经济并不发达，为什么要搞这个东西？我就回答他，这是从长远发展的利益着眼，不能只看到眼前。

　　这个故事，1986 年 10 月邓小平在会见李政道和齐吉基先生时就曾提起过。现在他又重新讲述，足见这个故事对邓小平内心的触动。当时，包括西欧核子研究中心主任阿达姆思在内的一些外国科学家，对我国在经济并不发达的条件下能否搞出正负电子对撞机都曾表示过怀疑。

　　邓小平接着说：

　　过去也好，今天也好，将来也好，中国必须发展自己的高科技，在世界高科技领域占有一席之地。如果 60 年代以来中国没有原子弹、氢弹，没有发射卫星，中国就不能叫有重要影响的大国，就没有现在这样的国际地位。这些东西反映一个民族的能力，也是一个民族、一个国家兴旺发达的标志。

　　现在世界的发展，特别是高科技领域的发展一日千里，中国不能甘于落后，必须一开始

科技发展

就参与这个领域的发展。搞这个工程就是这个意思。还有其他一些重大项目，中国也不能不参与，尽管穷。因为你不参与，不加入发展行列，差距就越来越大。现在我们有些方面落后，但不是一切都落后。这个工程本身也证明了这一点。当然，有李政道和其他国际朋友的帮助，使我们少走弯路，但是这个工程不完全是照搬过来的，中间也还有我们自己的东西，有自己的技术，有自己的创造。

总之，不仅这个工程，还有其他高科技领域，都不要失掉时机，都要开始接触，这个线不能断了，要不然我们很难赶上世界的发展。

邓小平的这番话，是对我国为什么要搞"863"计划这样的大工程的一个回答。后来高能物理研究所叶铭汉院士等回忆说，小平同志在作《中国必须在世界高科技领域占有一席之地》的重要讲话时没有用稿子，"他边想边讲，一字一句地慢慢讲，一句也不重复"。

邓小平同志作了即席讲话后，来到了高能物理研究所的操场上。在操场上，邓小平与参加北京正负电子对撞机国家实验室建设的科研人员合影留念。最后，邓小平还和大家一一握了手，他大声说：

感谢你们为科学事业作出的巨大贡献！

后来，谢家麟院士说：

> 9 年前的事，仿佛就在昨天。如果不是小平
> 同志高瞻远瞩，直接关怀，正负电子对撞机不
> 可能仅用 4 年时间，主要靠自己的力量完成。

物理一室主任李金研究员说：

> 正是在小平同志的亲切关怀下，我们先后
> 完成了一系列的研究任务，做出了世界一流的
> 成绩。那两个难忘的金秋，对高能所以及我国
> 高科技领域有非凡的意义。

邓小平对中国高科技发展的关怀是一贯的。1975 年
夏天，邓小平复出并担任国务院第一副总理。邓小平当
时对中国科学院的领导作出指示，要他们"研究一下科
技工作"，并说衡量科技政策是否正确只能看它"是阻碍
生产力还是解放生产力"。

1975 年 8 月，科技规划座谈会召开，邓小平六易其
稿形成了《关于科技工作的几个问题》，即"汇报提
纲"。提纲中提出，"科学技术也是生产力"。

1978 年，邓小平自告奋勇，主管科学、教育。邓小
平还亲自召集科学教育会议，并提出了"科学技术是生

产力"，"知识分子是工人阶级的一部分"的思想。

1978 年，邓小平在全国科学大会上提出"拨乱反正"。邓小平说："科学技术是生产力，这是马克思主义的原理。"他还强调了四个现代化的关键是科技现代化的观点。这成为我国科技工作的基本路线。

1984 年 10 月 7 日，中国历史上的第一台高能加速器——北京正负电子对撞机的建设正式破土动工。

这天一早，邓小平和万里、杨尚昆、方毅、余秋里、胡乔木等党和国家领导人一起，驱车来到了北京西郊的八宝山东麓。北京正负电子对撞机的摇篮——中国科学院高能物理研究所就坐落于此。

邓小平进入放置着正负电子对撞机模型的实验楼。迎接小平视察的柳怀祖走上前去，向他递上了事先准备好的"熊猫"牌香烟，小平同志见状，摆了摆手说："这里是实验室，不能抽烟。"

此前有一次，邓小平在即将会见外宾时一边从烟盒里取出一根烟，一边平易近人地和柳怀祖等聊天。当时柳怀祖对邓小平说："你一支接一支抽，抽得太多了。"邓小平同志一手拿着点燃了的烟，一手比画着表示他抽的烟过滤嘴那头很长，烟丝那头很短，笑着说："没有多少烟，就那么一点点。"

柳怀祖回忆说，小平同志到了实验楼，却能婉言谢绝抽烟，多么了不起的自觉性呀！当时在场的人心中都升起了一种由衷的敬仰。

邓小平同志和其他中央领导同志步入大厅，在观看北京正负电子对撞机模型时，听取了谢家麟院士对工程建设的介绍。邓小平对周围的人坚定地说："我相信这件事不会错！"

邓小平这话显然是有所指的。虽然仍然有人认为这项工程在中国建设是"超前了"，但是，针对这种完全错误的看法，邓小平作出了委婉的反驳和批评。

邓小平这句话字字千钧，掷地有声，再次表达了他对北京正负电子对撞机建设的高度支持以及他对我国高科技事业发展的一贯信念。

邓小平同志欣然提笔，高兴地在奠基典礼的纪念簿上签名留念。

建设工地的四周彩旗招展，邓小平亲自题写的一块奠基石"中国科学院高能物理研究所北京正负电子对撞机国家实验室"在红绸护饰下，已经立在工地的正中央。

在奠基典礼上，邓小平同志很高兴地在现场会见了科学家代表。当他一眼看到老物理学家、高能物理研究所所长张文裕时，便紧紧握住了张文裕的手。张文裕十分激动而又喜悦地对邓小平同志说："我多年的心愿今天终于实现了。"

张文裕是福建惠安县人，1910 年出生，曾在英国剑桥读书。张文裕从中科院高能物理所成立之初就担任所长，对我国高能物理研究做出了开创性的工作。今天，盼望多年的北京正负电子对撞机终于奠基，他心中充满了喜悦之情。

邓小平接着又和李政道教授握手，感谢这位世界著名的物理学家对中国的科学和教育事业，特别是高能物理研究方面提供的帮助，希望他继续帮助建造北京正负电子对撞机。

李政道教授兴奋地回答说："我相信在小平先生的领导下，中国必定能够成功建造对撞机。"李政道教授还表示，今后他将继续帮助北京正负电子对撞机的建造，对中国高能物理研究、人才培养等事业做到尽心尽力。

邓小平还会见了专程赶来参加典礼的美国科学家和美国能源部官员，和他们一一握手，感谢他们对这个工程的支持和帮助，并希望这个工程成为中美科技合作的典范。在场的美国朋友都对此感动不已。

奠基仪式在中科院院长卢嘉锡的主持下进行。在热烈的掌声中，邓小平为北京正负电子对撞机建设工地培下了第一锹土。

当天中央电视台新闻联播对奠基仪式作了报道。这样，不仅在场的人目击了邓小平培下的这第一锹土，全国所有关心中国科学发展的人们都看到了邓小平培下的这第一锹土。

在奠基仪式上，80 岁的邓小平身着银灰色中山装，满面笑容，神态自若，在秋日明媚的阳光下挥锹培土，含义非同寻常。

一柄系着红绸带的普通铁锹，却承载着邓小平对未来中国科技发展的殷切希望和所有中华儿女对振兴中华的企盼。后来，科学家李政道回忆了自己与邓小平的交往。他说：

> 如今中国科学院办公大楼的二层大厅，依然悬挂着小平先生挥锹为北京正负电子对撞机国家实验室工程奠基的巨幅照片。该照片记录的就是小平先生 1984 年 10 月 7 日参加对撞机建造庆典的重要时刻。
>
> 此前小平先生等国家领导人观看了工程的模型，详细听取了对撞机性能和用途的汇报。当工程负责人谢家麟介绍我在这次工程的论证过程中，付出很大的辛劳，起到很大作用时，小平先生握着我的手说："应该谢谢你的关心和支持。"

1985 年，中共中央通过了《关于科技体制改革的决定》。邓小平在当年的全国科学大会上所作的报告中说：

> 经济体制改革和科技体制改革都是为了解决一个问题，就是怎样吸收新技术，采用新技术，加速生产力的发展。发展高新技术是历史赋予我们的重任。中国如果不能达到用高新技术产业大幅度提高劳动生产率这一目标的话，

中国永远也富不起来！

七八十年代，面对世界各国相继出台高科技计划的局面，中国也开始制定了自己的高科技计划——"863"计划。王大珩说：

> "863"计划提出来，原则上是一个比较长远的目标，是为下一个世纪该干的事情多做一些准备工作。

1988年9月12日，邓小平在听取工作汇报时说：

> 马克思讲过科学技术是生产力，这是非常正确的，现在看来这样说可能不够，恐怕是第一生产力。

1988年10月16日5时56分，我国第一座高能加速器——北京正负电子对撞机首次对撞成功。这是我国继原子弹、氢弹爆炸成功，人造卫星上天之后，在高科技领域的又一重大突破性成就。

10月24日，邓小平亲临电子对撞机现场，又一次谈了发展高科技的想法。

1992年邓小平南行，他视察过的企业几乎都是高新技术企业。在这些高科技企业里，邓小平握着青年科技人员的手说："我要握一握年轻人的手，科技的希望在年轻人。"

邓小平曾询问过企业科技人员："科学技术是第一生产力的论断，你们认为站得住脚吗?"科技人员回答："站得住脚。因为，我们是用实践来回答这个问题的。"

后来，邓小平南行视察生化制药厂时，再次强调了这些思想。邓小平说：

> 我们中国人要在高科技领域占一席之地，就靠你们科技工作者了。我年岁大了，但我认为，有希望，有希望！

在邓小平的亲切关怀下，中国科学的基础研究计划和高科技计划很快都提上了重要日程。我国的基础性研究相对薄弱，如果不抓紧进行基础科学研究，中国必将永远落后下去。

改革开放以来，中国大量引进了外国的先进科技，也发展了经济，但却几乎没有形成自己拥有知识产权的产业。邓小平说：如果我们不努力，我们就会受别人欺负！

19世纪60年代麦克斯韦建立了麦克斯韦方程式，统一了电力和磁力。这一突破带来了发电机、电动机、电报、电视、雷达以及其他现代化的通信手段。

20世纪所有现代科学和技术的发展，如原子结构、

科技发展

分子物理、核能、激光、X 光技术、半导体、超导体及超级计算机等，都是建立在相对论和量子力学的基础之上的。一切 20 世纪的科学文明，全都基于这两个理论。它们改变了人类的整个生活。

无论是基础研究还是发展高技术，都要巨额资金的投入。在这种情况下，中国国家自然科学基金会经费逐年增长，当然同日美等发达国家相比，还有相当大的差距。但在邓小平以及其他中央领导的关怀下，中国的科技发展一日千里，越来越赢得世界的瞩目。

赵忠贤研究超导新材料

1987年3月18日晚上，在美国纽约希尔顿酒店，一间只能容纳1100人的大厅里挤进了3000多人。其中有著名学者、研究生还有记者。当时连走廊上的闭路电视也被大家团团围住。

这是会议临时增加的内容。尽管主办方限定每人发言5分钟，核心报告也只给10分钟，但51个即席报告仍从晚上19时30分一直讲到第二天3时15分。

人们后来把这次热烈的会议称为"物理学界的伍德斯托克摇滚音乐节"，并把它和1957年的美国物理学年会并称为二战后物理学界最大的两次震荡。这是一场在世界范围内持续了几个月的超导竞赛迎来的巅峰会议。

在1957年那次会议中，科学家杨振宁宣布的不守恒理论为他和李政道赢得了当年的诺贝尔奖，而30年后的这一天，46岁的中国物理学家赵忠贤登上了主席台，成为当晚最耀眼的5位明星之一。

当晚的焦点是超导。那种在特定温度下电阻突然消失的现象曾被美国《商业周刊》称为"比电灯泡和晶体管还重要"。

从1986年开始，这一领域突然柳暗花明。率先取得突破的物理学家约翰内斯·贝德诺兹说：

在很多人心中产生了一种一切皆有可能的感觉。

赵忠贤是辽宁新民人，1941 年 1 月出生。1959 年，赵忠贤考入中国科技大学技术物理系。1964 年毕业后，一直在中科院物理所从事低温与超导研究。

1976 年，从英国剑桥大学进修两年归来的赵忠贤，开始从事高温超导电性研究。赵忠贤曾是国家"863"计划、"攀登"计划和"973"计划重大研究项目的专家组成员。

赵忠贤率领自己的科研小组完成了多项国防任务，获得了全国科学大会的奖励。他发现从非线性到线性区转变的临界点与临界电流呈线性关系，独立发现液氮温区超导体。赵忠贤长期从事低温与超导研究。超导研究很早在科学界就是热点。

赵忠贤说，超导是一种迷人的自然现象。它是导体被冷却到绝对零度即零下 273 摄氏度附近时，突然出现电阻完全消失，从而处于不耗电和不发热的状态。这是一个诱人的理想境界。它可以使电力更节省，电脑体积更小，火车时速达到 300 公里以上……

超导现象一开始就不是理论的产物，它源于 19 世纪末 20 世纪初人们对低温世界的好奇。发现这一现象的荷兰物理学家卡末林·昂内斯是从研究氢和氦的液化开始。

荷兰物理学家卡西米尔曾评论说：

> 一旦昂内斯给了他们液氦，告诉他们测量
> 金属的电阻，他们就不可能不发现超导电性。

1911 年，昂内斯的学生霍尔斯特首先观察到起始转变温度 4.2K 的超导现象，1913 年昂内斯因低温研究获诺贝尔物理学奖。然而，从 4.2K 到 15K 用了 30 年，到 23K 又是一个 30 年，而这个记录一停顿就是 13 年。

到了 20 世纪 60 年代，超导研究形成了一门低温超导电技术，并在很多方面得到了应用。1963 年，瑞士科学家卡尔·亚历山大·缪勒进入国际商用机器公司苏黎世研究实验室，1978 年他接触了超导，又过了 5 年，他和年轻的同事贝德诺兹一起，用业余时间研究氧化物超导体。

1986 年 1 月，缪勒他们在镧钡铜氧材料中观察到 30K 左右的起始转变温度。为保险起见，缪勒对这个难以置信的结果反复实验，直到 4 月中旬才向德国的一家小杂志《物理学》送交了论文，题目中谨慎地使用了"可能"的字眼。文章直到 9 月 17 日才正式发表。

直到进一步的磁测量支持了原来的结论，他们才将第二篇论文寄到《欧洲物理快报》，此时已是 10 月 22 日，发表则是 1987 年初。

由于 20 世纪 80 年代以前，曾经有很多科学家宣称发

现了高温超导材料，却无一得到证实，所以科学界对这种"狼来了"的把戏已经厌倦了。

同时，加上两位科学家自己和杂志的知名度都不高，贝德诺兹和缪勒估计，同行要证实和接受他们的工作，可能至少要两三年。

然而，在中国、日本和美国，都有科学家分别注意到这个方向。

1986年9月，日本电子技术实验室的科学家获得消息，立即重复实验，但没有成功。9月底，后来的中国超导研究领军人物、当时还是中科院物理所助理研究员的赵忠贤也在所内图书馆的资料中读到了刚发表的文章。

"我认为缪勒的想法是有道理的，尽管对于真正的机制至今也不清楚。"赵忠贤说，此前，他刚在美国进行过一年的超导合作研究。就在当年4月，"所里的李荫远老先生把《美国应用物理》杂志中关于氧化物超导研究的文章给我看，我还没有相信"。10月中旬，赵忠贤就联络几位同事开始了实验。

10月4日，在日本的一次超导材料会议上，东京大学教授北泽宏一也获悉了贝德诺兹和缪勒的文章，但没有相信。11月初，他的助理高木英典建议将重复这项实验作为本科生毕业论文的课题，北泽甚至不得不重新查找论文出处。出人意料的是，11月6日开始实验后仅7天，高木英典就打来电话，本科生金泽尚一成功地用磁测量证实了实验结果。东京大学的研究于是迅速全面地展开了。

　　这是国际上首次独立证实贝德诺兹和缪勒的成果。11 月 19 日，研究小组负责人田中昭二在日本一次会议上的简要通报，迅速点燃了日本的研究热潮。11 月 22 日，他们的首篇论文寄到《日本应用物理》杂志，6 天后消息出现在《朝日新闻》上。

　　12 月 23 日，东京大学工业化学系的一个新材料研究小组还提出了世界上第一份高温超导材料专利申请。

　　美国最早反应的是休斯敦大学教授朱经武。他首次读到贝德诺兹和缪勒的论文已是东京大学开始实验的 11 月 6 日，但他的行动更果断，立即要求手下的研究人员停下一切工作，两三天内就开始实验。至于相信的理由，朱经武在 1997 年回忆：

　　　　我们一直在做钡铅铋氧化物，一直觉得在氧化物里搞超导很有希望，所以一看到他们的文章就绝对相信，虽然当时那些报道的结果还不是那么详细。

　　11 月下旬，朱经武的小组得到了肯定结果。11 月 25 日，他们甚至在镧钡铜氧中观察到了 73K 的超导转变，虽然这个结果第二天就无法再现，但无疑增强了他们的信心。

　　12 月初，北泽宏一和朱经武都参加了在波士顿召开的美国材料研究学会秋季年会。由于《朝日新闻》的报道，刚抵达波士顿的北泽便引起关注，但因为尚未确定新超导体的确切成分，田中昭二反对在会上介绍这一成果。12月4日，北泽宏一的报告只按原计划讲了钡铅铋氧化物超导体的研究。

当朱经武在报告的最后，简要提及证实了贝德诺兹和缪勒的结果时，场面热闹起来。北泽宏一终于忍不住在讨论时上前公布了他们自10月以来获得的更充分的证据，但对此专门作报告的要求，他仍未得到国内答复。直到报告前最后一刻，日本才最终确定了新超导体的成分，并决定在会上公开。

12月12日，朱经武向权威的《物理评论快报》寄出了论文。14日，刚应邀参加研究的朱经武原来的学生、阿拉巴马大学的吴茂昆又发现了39K的超导转变。到12月的第三周，朱经武小组已经将起始转变温度提高到了52.5K，并再次观察到70K超导的迹象，最新结果于12月30日寄给了《科学》杂志。

同时，贝尔实验室的R. J. 卡瓦等人也发现了36K的超导转变，29日将论文寄到《物理评论快报》。因为被要求修改等拖延，朱经武等人的论文直到1月才与卡瓦等人的论文一起发表在同一期上，但这也使他们有机会在1月6日添加的附注中，提到了70K超导的迹象和吴茂昆小组对另一种氧化物超导电性的发现。12月30日，朱经武在休斯敦召开新闻发布会，简要提到了70K超导迹象，次日就上了《纽约时报》。

此前的 12 月 20 日左右，赵忠贤等人也在锶镧铜氧中得到起始温度 48.6K 的超导转变，并在镧钡铜氧中观察到了 70K 超导迹象。只是后者也未能重复，这使他们并未马上写文章或做结构分析，而是全力试图重复这一现象。他们的研究论文送到中科院的《科学通报》已是 1987 年 1 月 17 日。不过，1986 年 12 月 27 日，《人民日报》报道了我国发现 70K 超导体的消息。

"那真是科学史上一场罕见的竞争。"赵忠贤后来说。世界范围内的"超导热"在短短几个月仿佛要融化掉那低温世界里的"坚冰"，有时候竞争纪录逐月逐日地刷新着。

当时，赵忠贤他们的研究也遭遇了很大的困难。不但经费紧缺，实验条件落后，就连最基本的用来降温的液氮都无法随时供应，他们手头的原料不仅奇缺，而且纯度不够。

就在这样的条件下，他们日夜奋斗。赵忠贤曾经在实验室连续工作长达 48 个小时。实验室里没有床，困得实在受不了的时候，就趴在桌子上打一会儿盹，醒了就继续做实验。

赵忠贤院士住在科学院 88 号楼的集体宿舍，经常在实验室做实验到半夜，回去时大门关了，只好狼狈地从一层窗户爬进去。

虽然实验条件极端落后，但经过赵忠贤他们的努力，总算功夫不负有心人。在 1987 年 2 月 19 日 18 时，大家对研究结果就已经心中有底了。

晚上 23 时结果全部出来，赵忠贤等人又将实验重新做了一遍，结果重现。为了把握性更大，他们甚至将有些样品的渣子都拣回来，以便多做几个样品。当对样品的每一个不同部位都反复测量、检验无误后，这才放下心来。

1987 年 2 月 20 日，中国科学院物理研究所首先公布了材料的组成元素，钡、钇、铜、氧，再次引起全世界的瞩目，这是继 1986 年 12 月他们第一个获得转变温度为 48.6K 的超导体，并观察到 70K 时有超导现象之后的又一重大突破。整个世界为之震动。

1987 年，瑞士科学家缪勒和德国科学家贝德诺兹因为在高温超导领域里的突出的贡献而获得了诺贝尔物理学奖。在接受媒体采访的时候，他们特意向远在中国的同行赵忠贤和他所领导的北京小组致意，感谢他们在这一领域所作出的突破性的贡献。

赵忠贤和他的同事们为中国科学界赢得了世界性的荣誉。

1987 年 9 月赵忠贤被授予第三世界科学院物理学奖。

在领取第三世界科学院物理学奖时，赵忠贤说的第一句话是：

首先我认为，这一奖励是对中国所有从事

超导研究的科学工作者的奖励，荣誉属于我的祖国。

赵忠贤很欣赏一位哲人的一句格言："站在前人的肩膀上，连孩子也比巨人高大。"他说："中国的低温物理研究开始于 50 年代，那时，我还是个学生。如果没有前辈物理学家的工作、积累，就不可能有我们这一代人的成就。"

1990 年，赵忠贤所在的集体被授予国家自然科学一等奖。通过这一发现，赵忠贤的名字开始为外界所熟知。

1992 年 12 月，赵忠贤和夫人应邀参加了纪念诺贝尔奖 90 周年庆典。会前听说参加者很多都是诺贝尔奖获得者，按中国人的观念，赵忠贤以为这样高规格的讨论会大约是一次世界物理学界的老人聚会，然而，他万万没想到，三分之一的与会者竟是些 30 岁左右的年轻人。

其间，1987 年诺贝尔物理学奖得主伯诺茨与他们夫妇交谈时，赵夫人不无钦佩地对伯诺茨说："你真了不起，30 多岁就拿了诺贝尔奖。"

不料，伯诺茨几乎是不假思索地回答赵夫人说："不，诺贝尔奖本来就应该是年轻人拿的。"

赵忠贤说：

该是我们这一代作出牺牲，让年轻人踩在我们肩膀上去攀登科学高峰的时候了。

科技发展

赵忠贤对新的一代寄予了真心的希望。后来，在一次接受采访时，赵忠贤说：

我认为，是不是一定能够找到室温超导体，应该说是谁都不敢给出一个肯定的回答。

但是，要是讲找到一些新的超导材料，不管对物理上更有意义的，或者对实际应用更有意义的或者超导临界温度更高的材料，我认为这一点前景还是光明的，是肯定的。对我个人来讲，不是说让我去找，我把希望寄托在 80 后、90 后这批年轻人的身上。

我认为他们这些人，经过了这次 2008 年铁基超导体研究的洗礼，10 年、20 年之后他们的境界不可限量。他们会作出更大的贡献。所以我对 80 后有个评价。我组里的一些人都是 80 后，学生和年轻工作人员都是 80 后。

通过 2008 年铁基超导研究中他们的表现，我对他们的评价是"有激情，肯吃苦，能战斗，可信赖"。他们在这段火热研究中有成就，有锻炼。

几年、10 多年、20 多年之后，他们的境界是不可限量的。所以我应该把希望寄托在他们身上，我要做的事情是给他们创造更好的条件，使他们成长起来。

　　就这样，赵忠贤和自己的同事通过不断的努力，不懈的进取，为中国乃至世界的超导事业作出了贡献，为中国的"863"计划提供了动力。他们在为自己赢得荣誉的同时，也为国家获取了光荣。

袁隆平研究农业新科技

1995 年 8 月，袁隆平郑重宣布：我国历经 9 年的两系法杂交水稻研究已取得突破性进展，可以在生产上大面积推广。

正如袁隆平在育种战略上所设想的，两系法杂交水稻确实表现出更好的增产效果，普遍比同期的三系杂交稻每公顷增产 750 至 1500 公斤，且米质有了较大的提高。

袁隆平院士被国际上称为"中国杂交水稻之父"。20 世纪 90 年代后期，美国学者布朗抛出"中国威胁论"，撰文说到 21 世纪 30 年代，中国人口将达到 16 亿，到时谁来养活中国，谁来拯救由此引发的全球性粮食短缺和动荡危机？

这时，袁隆平向世界宣布：

中国完全能解决自己的吃饭问题，中国还能帮助世界人民解决吃饭问题。

早在 1986 年，袁隆平就在其论文《杂交水稻的育种战略》中提出将杂交稻的育种从选育方法上分为三系法、两系法和一系法三个发展阶段，即育种程序朝着由繁至简且效率越来越高的方向发展。

从杂种优势水平的利用上分为品种间、亚种间和远缘杂种优势的利用三个发展阶段，即优势利用朝着越来越强的方向发展。

根据这一设想，杂交水稻每进入一个新阶段都是一次新突破，都将把水稻产量推向一个更高的水平。

袁隆平提出的杂交育种新设想，得到了国内外科学家的一致公认，被科学家们称为"袁隆平思路""袁氏设想"，国外有的科学家认为，"袁隆平思路"是水稻史上跨世纪的伟大构想。

根据袁隆平的新设想，就是要在"三系法"的基础上，推出"二系法亚种间杂交水稻"。袁隆平这样描述它诱人的前景：理论上可比现有杂交稻的产量高30%以上，米质可超过世界上最优良的品种。

袁隆平将自己的设想上报以后，获得了国家的高度重视。1987年，二系法杂交水稻攻关课题被纳入国家"863"高科技计划。袁隆平任101主题专家组成员、专题组长。

从这以后，袁隆平协调和率领全国22个协作单位、数百名科研人员，围绕这一课题，开始了杂交水稻的新长征。

"袁氏设想"进入"863"后，谁要找袁隆平，只有到试验田去找。许多前来中国学习杂交水稻技术的外国专家，也都是到试验田才见到袁教授。

每年，袁隆平去海南岛，顶着烈日，亲自到田间考察和进行技术指导。他还赴英国、美国、印度等地讲课和实地考察。

袁隆平有胃病，发作起来，满额头冒汗，却从不吱声。他又黑又瘦却自己调侃："我是铁骨人，长不胖的。"当袁隆平的手和农民的手握在一起的时候，是分不清科学家和农民手的区别的，一样厚的茧皮，一样的黑。有的农民见了袁隆平，还这样说："袁教授，你咋晒得比我们还黑呢！"

在袁隆平战略设想的指引下，各路诸侯纷纷报捷，喜讯频传。全国试种50余万亩"袁氏法"杂交水稻，均增产10%左右。

美国普渡大学教授汤·巴来伯格在《走向丰衣足食的世界》一书中这样评价袁隆平：

> 袁隆平赢得了中国可贵的时间，他增产的粮食实质上使人口增长率下降了。他在农业科学上的成就击败了饥饿的威胁，袁隆平领导着人们走向丰衣足食的世界。同时，他给那些保守者上了一堂很有价值的课，这就是怎样在农业科学事业上去创造功绩。他把西方抛到了后面，成为世界上第一个成功地利用了水稻杂种优势的伟大科学家。

1990年，杂交水稻作为我国的第一项农业技术转让给美国，试种结果比美国的优良品种增产 38%。

1994 年，联合国粮农组织作出一个重要决策：借助中国的力量，在几个主要水稻生产国有限发展杂交水稻。人口仅次于中国的印度已作出规划，要在 20 世纪末，将杂交水稻种植面积扩大到 1.5 亿亩。

在国内的生产示范中，中国已累计种植两系杂交水稻 1800 余万亩，国家 "863" 计划已将培矮系列组合作为两系法杂交水稻先锋组合，加大力度在全国推广。

袁隆平是这样一个平凡而又不平凡的人，他有和无数中国农民一样的手，却创造出了农业领域的奇迹，为自己也为中国争得了荣誉。在他的努力下，我国农业科技已经走向世界；在他的带动下，中国的农业 "863" 一定会有更多的辉煌。

女科学家研究图像数据

1993 年 10 月 10 日 9 时整，北大女教授石青云被准时送进了手术室。然后，护士把手术室的门紧紧关上了。

石青云的丈夫黄槐成在外面焦急地等待着妻子的消息。想到妻子为中国科学所作的奉献，想到妻子手术前的坦然，黄槐成的心情稍稍平静下来。

石青云是四川人，从中学到大学都靠助学金生活，毕业后，每月 56 元工资，她寄给家里 30 元赡养老人，生活一直非常清苦。

1978 年，在程民德教授的力荐下，石青云开始了模式识别这一当代信息科学的前沿领域研究。程民德教授是中国最早主张数学理论与实际应用相结合的人。

后来，程民德的朋友、国际模式识别权威傅京孙教授来华访问。傅京孙是国际模式识别界的先驱，他从 20 世纪 60 年代初开始模式识别与机器智能方面的研究，在此后的四分之一世纪内，他对该领域的发展起着主导作用，以光辉的成就享誉于世。

在程民德的引荐下，石青云有幸与傅京孙结识。1980 年，在程民德的极力推荐下，石青云到美国傅京孙那里做了访问学者。在傅京孙先生那里一年半时间，石青云进行了树分类器设计方法的研究，建立了一类属性扩展图文法，实现属性树文法的误差校正句法分析等。这三方面的成果，石青云均写成论文在国际权威学术刊物上发表了。

在此期间，石青云还了解到图像数据在当时国际上是一个新的前沿研究方向，有很大的理论与应用价值，国内尚未开展这方面的工作。虽然傅京孙觉得石青云中断了在那里的研究很可惜，对她表示挽留，但石青云权衡了国内工作的轻重缓急之后，还是于 1982 年回国了。

回国后，石青云选定了模式识别和图像数据库方向，和同事、学生组成课题组一起向新的目标冲刺。

在石青云的主持下，石青云课题组承接了国家自然科学基金、"863" 高技术、国家 "攀登" 计划、国家 "七五" 攻关、国家 "八五" 攻关等 10 多个项目与课题。

石青云课题组在模式识别、图像数据库、计算机视觉、数学形态学、图像压缩技术等方面开展了一系列理论和应用研究，取得了系统的创造性的成果。

石青云带领课题组，研制成功用于保安身份鉴定的全自动指纹识别系统和用于公安侦破的指纹自动识别系统。后来上海市公安局应用这套系统，把原来几间库房里的指纹存入小柜子大小的计算机数据库，通过现场指纹对库存指纹的查找匹配，不仅几十秒钟就可以得到可靠的破案依据，而且避免了丢失、老化等管理上的问题。

1990 年 10 月，一个振奋人心的消息在北大不胫而走。北大信息科学中心主任石青云教授主持研究的指纹识别系统在美国战胜了竞争对手，一举中标，进入了国际市场。这两个竞争对手，分别是日本和北美两个公司生产的产品。

1993 年，石青云当选为中国科学院院士。然而，在这同一年初秋，她被查出患了卵巢癌。

面对现实，石青云异常坦然。她首先抓紧把手头的研究工作整理好，同时把指纹自动识别系统第二代产品核心算法的源程序交代给了同事和学生们。

1993 年 10 月 10 日 22 时，石青云教授的手术顺利完成了。一个大的肿瘤被取出，未发现扩散。

于是，石青云又回到了她的科学事业中。石青云重新开始承担起新的"863"高技术科研项目。她照常招收研究生，指导他们写论文。

石青云这个从小就翻山越岭求学的川妹子，在人生的道路上跨越了一座又一座大山，为中国的科学发展作出了杰出贡献。

科技计划推动航空事业

2008 年 9 月 25 日，中国的"神舟"7 号飞船实现成功发射。这次中国宇航员首次实现了太空行走，中国人的身影第一次出现在茫茫太空，这标志着我国载人航天工程又向总体目标迈出了关键的一步。

人类在漫长的社会进步中不断扩展自身的空间。从陆地到海洋，从海洋到大气层空间，再从大气层空间到太空，人类从未停止过自己的脚步。人类活动范围的每一次扩展，都是一次伟大的飞跃，都会迎来一个新的时代。

1986 年，中共中央、国务院批准了《国家高技术研究发展计划纲要》，即"863"计划纲要，航天技术被列为我国高技术研究发展的重点之一。

"863"高技术航天领域的专家们对我国航天技术未来的发展进行了深入细致的论证，同时描绘了我国航天技术发展前景的蓝图。大家一致认为载人航天是我国继人造卫星工程之后合乎逻辑的下一步发展目标。

根据当时我国的国情和国力，按照"有所为、有所不为"和"有限目标、突出重点"的"863"高技术研究发展的指导思想，专家们一致同意从研发飞船起步。

同时专家认为，我国在运载火箭和应用卫星方面已拥有相当坚实的技术基础和丰富的研制经验，以及有可能借鉴国外研制载人飞船的经验，所以可以一步到位，越过单舱式飞船、双舱式飞船，从当今最先进的飞船起步，直接研制三舱式载人飞船。

关于飞船研制计划制定以后，专家给即将研制的中国第一艘飞船起了一个有中国特色而且非常动听的名字："神舟"号。

1992年9月，党中央正式批准研制载人飞船工程。这标志着我国的载人航天工程正式启动。

在7年的时间里，飞船研制工作者们顽强拼搏，完成了"攻关键、定方案、抓短线、组建全国协作网、创建各种研制条件、通过全部地面验证试验"等一系列工作，从而迈进到飞行试验阶段。

1999年11月20日，我国成功发射了自行研制的第一艘飞船"神舟"1号，成为世界上第3个发射宇宙飞船的国家。此后，又分别发射了"神舟"2、3、4号无人试验飞船。

2003年10月，"神舟"5号载人飞船把中国航天员送上了太空，实现了历史的突破，圆满完成了中国载人航天工程的第一步任务。

2005年10月发射的"神舟"6号，实现了多人多天飞行，航天员走出返回舱、进入实验舱，进行科学实验操作。这标志着中国载人航天工程第二步计划的开始。

2008年，"神舟"7号的航天员又走出轨道舱，即气闸舱，成功实现了"太空行走"，这又把中国载人航天工程推进到了一个新的高度。

北京南苑，是我国有名的航天城、长征火箭的诞生地。在这座日渐现代化的航天城里，载人航天工程运载火箭系统的总指挥黄春平，这位德高望重的老专家在此已经工作、生活了近40年。

黄春平，1938年生，1964年毕业于北京工业学院，曾担任"863"计划中一个项目的首席科学家，还担任过"长征"3号、"长征"2丙号火箭总指挥，现任"长征"2F号火箭总指挥。

黄春平在航天城的40年，结下了累累的硕果。他曾创造性地解决了飞行器局部回收难题；在无遥测数据的情况下，仅凭少量的残骸找出某型号失败的原因，挽回巨大的经济损失；在"长征"3号火箭紧急中止发射极其危险的情况下，成功地组织将液氧、液氢同时泄出排故；等等。

曾当过中国运载火箭技术研究院副院长的黄春平，他的名字却和他所从事的火箭事业一样，一度十分神秘。他的工作成绩得到了上级肯定，他是全国政协委员，荣获了全国五一劳动奖、总装备部载人航天突出贡献奖和两次航天奖及航天长征特等奖。

黄春平出生在福建省闽侯县一个小山村里，家境贫寒。直到解放以后，新中国给黄春平的生命注入了新的活力与希望。

1964 年，黄春平来到了中国运载火箭技术研究院，从技术员到副院长，又担任了总指挥。在他的记忆里，航天是一项大喜大悲的事业，火箭发射的成功与失败都令他不能忘怀。

1997 年 6 月，西昌卫星发射中心。"长征" 3 号火箭发射 "风云" 2 号气象卫星的当日，火箭燃料已经加注完毕，只待一声令下直冲云霄，然而天有不测风云，发射场上空突然浓云密布，电闪雷鸣。这种天气是火箭发射的大忌，担任 "长征" 3 号火箭总指挥的黄春平与总设计师范士合一致认为，此种天气不宜继续实施发射。

原定的发射计划就这样被不期而至的雷电给搁浅了。而火箭上已经加注的液氢液氧燃料此时却变成了极其危险的爆炸物，一旦泄漏，必然箭毁人亡，因此必须尽早泄出液氢液氧。这种活，他们以前从未干过。中国航天史上史无前例的一场硬仗打响了。在总指挥黄春平的组织领导下，20 多人冲到了最前沿。

此时，泄出液氢液氧后，贮箱的防热层起了细密的小气泡，一旦这些气泡变大，防热层就会失去原有的作用，导致再发射的失败。20 多名队员分成了两组，在火箭塔架上分两层排好，每个人用针把气泡一个一个地扎破，并迅速涂上防潮漆，之后再用木槌敲打检查。他们用两天半的时间解决了问题。

钢筋铁骨的火箭也敏感娇气得很，冷了热了都不行。黄春平作为总指挥，要关心火箭的 "冷暖"，更要考虑影响火箭质量的方方面面，确保万无一失。火箭淋雨受潮了，黄春平就组织人用吹风机吹；火箭一级喜欢冷，就敷上大量的冰块。为了保证火箭的平安，他把土洋办法都用上了。

5天之后，在晴空万里的发射场上重新发射，"长征"3号火箭成功地将"风云"2号卫星送上太空，为当年香港回归祖国献上了一份厚礼。

黄春平在火箭研制道路上背负着沉重的压力，他把自己的情感注入到了火箭研制的每一个环节中。

作为总指挥的黄春平每天面临的不仅有技术问题，还要协调解决各种工作、生活问题，给人的感觉更像一位和蔼的大伯。身为火箭总指挥，黄春平深知，火箭研制是一项十分复杂的系统工程，对设计、生产和试验者，他尊重、爱护他们。在试验现场，如果试验员遇到技术问题"堵"住时，在既保进度又保质量的前提下，黄春平会设身处地帮助对方解决困难。

黄春平常说，作为火箭总指挥，每临大战不能乱了方寸，否则队伍也会受到影响。每遇重大发射试验，他都很会自我调节。因此，到了发射前，他比较镇定。

为保证载人航天运载火箭质量的可靠性和安全性，黄总指挥可谓绞尽了脑汁。从火箭的"细胞"元器件抓起，紧紧把住元器件的源头，抓住工艺关，实施载人航天工程元器件"五统一"，统一组织订货、筛选、监制、验收和失效分析。10多年来，为了元器件的高质量，他费尽了心思。

2000 年 12 月 31 日，"神舟" 2 号飞船的发射准备工作已经基本就绪。可是 15 时 10 分，准备执行发射任务的火箭被误撞了！黄春平飞奔到厂房，发现现场情况很严重，火箭箭体被撞了 10 多处，原本直立的箭身也有些倾斜了。人们流露的目光仿佛在问："受伤的火箭还能发射吗？"

黄春平与总设计师刘竹生、副总指挥刘宇一起爬到 90 多米高的总装测试厂房顶层，自上而下，一层一层地查看火箭。他们或跪或趴，力求找准火箭伤在何处。最后，黄春平提出了具体的检查方案，并保证用 4 个工作日完成。研制人员立即投入战斗，火箭的关键部位，电气系统通电检查、动力系统气密检查、固体发动机探伤等全面展开。3 天后，厚达 50 多页的分析报告摆在众人的面前，黄春平保证：火箭可以发射！

2001 年 1 月 10 日，火箭将 "神舟" 2 号飞船成功送入预定轨道，实现了中国航天新世纪第一飞。

在 "神箭" 四送 "神舟" 时，有人说，火箭技术已经很成熟，发射成功肯定没问题。但黄春平并不盲目乐观，他想火箭上的 5 万多元器件，只要一个有隐患，成千上万人的劳动和心血都可能功亏一篑。

2002 年 11 月 16 日上午，酒泉卫星发射中心火箭总装测试厂房内，正在紧张而有序地进行 "神舟" 4 号发射前火箭的单元测试工作。此时，外安系统的连续波应答机备份产品发射部分无功率数输出。

　　按飞船发射计划，11 月 18 日连续波应答机要参加在发射场的对接测试，如果不能及时更换和分析结果，将直接影响到整个发射进度。

　　黄春平总指挥听完情况汇报后，随即召集有关人员开会研究，亲自与在成都的设备生产方联系，确定产品更换方案。时间紧迫，经查询，17 日上午有从成都到银川的航班，黄春平果断决定让生产方派人带备份产品到银川，再由试验队派车接，接的人把故障应答机也带到了银川，交给厂方。所有的工作布置完后，已经是 16 日 16 时了。

　　方案确定后，各系统迅速运转起来，由于这条路线从未走过，而且时间紧任务重，黄春平还是决定亲自去跑一趟。

　　为了与时间赛跑，他们一路狂奔，天黑时已到达了 150 公里以外的额济纳旗镇。一行人简单用过晚餐，便踏上了征程。此去一路都是无人区，距下一站阿拉善盟还有 560 多公里，车窗外夜色苍茫，冷风凄凄。而车内的人则是心急如焚，恨不得一步跨到银川机场。

　　22 时在茫茫戈壁驾车，人很容易疲倦，但他们瞪大了眼睛，格外小心谨慎。困了，就抽根烟刺激刺激神经；累了，就换个班继续走。经过 6 个多小时的长途跋涉，17 日零时 45 分，他们终于安全抵达了阿拉善盟，这时才敢松口气、合上眼睡一会儿。

科技发展

第二天，早晨 7 时刚过，他们就赶往银川机场与下飞机的厂方人员接上了头，在饭桌上进行仪器交换。一切妥当后，黄春平一行又马不停蹄地往回赶。在返回的路上，他们一边计算着到发射场的时间，一边安排试验准备开始测试工作。他们就着冰冷的矿泉水，嚼着从试验队带来的干粮，披星戴月地往回赶。

天不作美，风雪交加，柏油路变得模糊不清，车上的 5 个人把眼睛瞪得大大的，努力地辨清道路，驾车在风雪中艰难地前行。在 17 日 20 时 40 分，他们顺利地赶回了发射场。

车刚停稳，试验队的同志们便立即将仪器送往技术工地，紧张而有序地开始了测试工作。这场"日夜兼程接设备，千里疾驰保进度"的闪电行动，成了飞船发射中的佳话。

2003 年初，美国"哥伦比亚"号航天飞机失事后，黄春平表示，事故并不能阻挡人类开发太空的脚步，但火箭研制队伍必须进一步树立"如履薄冰，如临深渊"的思想。载人航天"火箭的飞行全过程不过 600 秒左右，我们的要求则是产品必须达到 600 小时的水平"。要千方百计想办法，绞尽脑汁找问题，对 4 次成功的地方进行充分认真细致的分析，在成功的过程中要敢于一路否定自己，带着放大镜找问题。确保质量，万无一失。

黄春平热爱航天事业，愿意用一生的时间为中国的航天事业奋斗。他说，载人航天让我始终觉得自己是年轻的，有着没完没了的幻想。

　　正是有黄春平这样的科学家，中国的航天事业才能不断前进，不断为世人创造奇迹。

　　中国的航天科技在中央的高度重视和领导下，在"863"等一系列科技规划的指引下，必将会创出一个又一个的辉煌。

科技发展

中国顺利实现科技计划

2000年，中国的"863"计划获得了圆满成功。在15年中，"863"计划共获国内外专利2000多项，累计创造新增产值560多亿元，产生间接经济效益2000多亿元。

"863"计划培育出了高新技术产业生长点，不仅极大地带动了中国高新技术及其产业的发展，也为传统产业的发展提供了高技术支撑。

高科技走出了"神秘殿堂"，已经成为普通百姓的日常生活所需。老百姓家里的洗衣机、收音机都装上了芯片，电视机、冰箱一方面是升级换代的浪潮，另一方面又是降价风暴。

自动化技术领域的计算机集成制造技术讨论之初，企业都认为这项技术"离我们太远"。而随着"863"的完成，全国已有200多家企业成为该项技术的试点示范。

科技部朱丽兰部长说：

> 现在到国务院开会，不是科技部在讲科技，而是所有的部门都在大谈科技。

当时，生物技术被列为"863"计划首位，连生物学家都惊呼"没想到"。因为直到1980年，中国现代生物技术的产值还是零。

对此，首任国家"863"计划联合办公室主任马俊如说：

> 没有宏伟的气魄是下不了这个决心的。领域的选择是从战略角度出发的，要突出前瞻性、先进性和带动性，必须为21世纪着想。

"863"计划15年投放了约110亿元人民币，这在当时粮票尚未完全取消的中国实在是一个天文数字。当时国内就有人质疑，粮食都不够吃，还拿出这么多钱搞什么高科技？国外有人说：美国一家大企业一年的科技投入就是30多亿美金，相当于200多亿人民币，中国拿这点钱15年投入7个领域数千项技术，不是开玩笑吗？

然而，15年来的成功经历告诉我们这不是开玩笑。15年来，无数科学家为"863"计划付出了巨大的努力，形成了具有中国特色的科技发展模式。

1991年3月，"863"计划实施5周年之际，邓小平同志挥毫为"863"计划写下了10个大字："发展高技术，实现产业化。"数年间，产业化已成为"863"计划最鲜明的特征之一。

有人将"863"计划形象地比喻成"沿途拣蛋，沿途下蛋"。"沿途拣蛋"即发现好的项目就立刻把它"孵成小鸡"，而"小鸡"一旦成长为"母鸡"，就赶紧将其产

科技发展

的"蛋"往外抛。这个"抛蛋"的过程就是产业化的过程。

"863"计划专家组的一个共识是：实现"863"计划靠加班加点显然不行，必须靠人的智慧。于是，造就"有战略头脑的科学家，有科学头脑的战略家"便成为"863"计划的人才目标。

也许没有哪项计划像"863"计划这样云集着如此之多的年轻人。据统计，仅"863"计划专家委员会成员中，青年专家就超过30%；而各课题组的科研人员中，年轻人均占到一半以上。

在"863"计划的项目中，年龄绝对是竞争的优势，甚至有许多项目是专门面向年轻人的。因此，一个奇特的现象在"863"项目中屡见不鲜。排名最前的往往是"无名小辈"，而一些知名专家，甚至院士都排到了后面。

"863"专家组有一条硬性规定，专家组成员年龄不能超过60岁。这在今天算不得什么新闻，但在15年前，其震动无疑相当于一枚重磅炸弹。

"863"计划里的年轻人可谓"如鱼得水"。在信息领域"306主题组"，200多名科研人员的平均年龄还不到30岁。主题组负责人李世鹤将年轻人全部推上第一线，在这里，尚未毕业的研究生都有机会出国参加国际交流。

首任国家"863"计划联合办公室主任马俊如说："培养人、造就人、吸引人是'863'计划的目标之一。"为此，"863"计划的所有机制都为人才的脱颖而出亮起了绿灯。

37 岁的陈会明是中科院金属所副所长，1998 年12 月的一次会议上，他向"863"专家组的一位专家说起自己关于纳米碳管基础研究的进展。这位专家兴奋不已，当即让他在一页草稿纸上写下了简单的项目建议书。5 个月后，陈会明的项目通过专家论证，正式进入"863"计划。

很快，他的纳米碳管技术取得突破性进展，其论文在美国《科学》杂志发表后引起轰动。陈会明说："如果不是那位专家的敏感，不是'863'如此之快的办事效率，不是'863'经费支持，我个人不会取得这样的成绩，中国纳米碳管研究也不会在关键时刻抢先世界一步。"

机制造就人才，机制更吸引人才。"863"计划吸引回来一大批海外留学人员。据统计，仅"863"计划专家委员会成员中，就有70% 是归国人员。

北京大学生命科学研究院教授李毅曾留学德国，他在国外便听说了"863"计划。1992 年，30 岁的李毅回到国内。次年，他的烟草花叶病毒研究申请了"863"项目，并很快获得"863"计划100 万元人民币的支持。现在，这项技术已与国际先进水平接轨。

李毅选择北京大学是因为那里聚集着20 多位从国外回来的优秀人才，他们中的10 多人申请到了"863"计划中的项目。"我们中的许多人是因为'863'才回来的。"李毅如是说。

于是，归国人员在"863"计划里"滚起了雪球"。对此，科技部部长朱丽兰说：

> 就像微软人说的，我们要创造一个机制，要用聪明人吸引聪明人，而且要培养更多的聪明人。
>
> "863"计划要把这个局开好。那么，我们就能为国家整个高技术的发展培养一支精锐部队，有了这支精锐部队，就能战无不胜。

"863"计划通过全新的机制，通过中央领导和无数科学家的努力，顺利实现了所有的预定目标；同时，积累了许多宝贵的经验，为中国培养引进了大量有用的人才。

三、 产业进步

● 江泽民指出："要依靠我国科技力量，大力研究开发高新技术、用高新技术改造传统产业，有计划有组织地发展高新技术产业。"

● 中国科学院副院长许智宏说："在深圳建立院士活动基地，标志着深圳和中科院的合作步入了一个新阶段，今后中科院将组织更多的院士参与深圳的经济社会发展。"

● 邓小平摸着这孩子的头说："计算机要从娃娃抓起。"

中央为"火炬"计划培养人才

1990 年 5 月 9 日至 12 日，在江苏南京，国家科委召开了第二次全国"火炬"计划工作会议。这次会议传达了江泽民和李鹏关于发展高新技术和"火炬"计划的重要指示，再次强调了国家对科技人才的重视。

这是一次承上启下的会议，对于总结过去、开拓未来是十分重要的。20 世纪以来，国际间的竞争越来越显示出物化在商品中的科技水平竞争。"火炬"计划是引导科技界进入世界经济的一项重大决策。

"火炬"计划的实施旨在促进高新技术商品化、产业化、国际化，促进产业结构向着高级化、合理化方向发展，把"863"计划中的科研成果，紧密结合经济发展的"主战场"，把科技优势转化为生产力。这是一项具有开拓性的事业，它越来越引起全世界的瞩目。

发展高新技术企业，实施"火炬"计划最关键的问题就是需要大量科技人才。尤其需要的是一批熟悉国际市场的新型科技企业家。有了这样一支强大的队伍，才有可能建立和发展我国的高新技术产业。

实施"863"计划以来，新型科技人才越来越受到中央领导重视。为使有更多的科技人才投入到中国的建设中来，中央大力通过各种渠道引进人才，同时，还发扬自主精神，为科技计划培养大量的科技人才。

为了培养这种新型科技人才，各地相继举办了不同类型、不同层次的"火炬"计划人才培训班，共计达3000多人次受到培训。

1989 年 2 月，国家科委在国内首次举办了"高新技术创业服务中心负责人进修班"。这个进修班还得到了联合国科技促进发展基金的支持。

这次培训班聘请了美、英等国的专家，讲授美国和西欧企业"孵化器"的运行与管理，企业的筛选与培育、种子资金与风险投资的组织管理，"孵化器"运行支撑系统的建立等课程。

通过培训，学员们对创业服务中心有了新的认识，对建立新机构过程中存在的共性问题有了进一步了解。

1989 年 12 月 19 日，国家召开科学技术奖励大会。江泽民在这次大会上作了重要讲话。

江泽民指出：

> 要依靠我国科技力量，大力研究开发高新技术、用高新技术改造传统产业，有计划有组织地发展高新技术产业。这对于调整产业结构，推动传统产业技术改造，大幅度提高劳动生产率，增强国际竞争能力，具有重大意义。

1990 年 3 月 20 日，七届人大三次会议召开，李鹏作了政府工作报告。在报告中李鹏指出：

> 继续抓好"火炬"计划以及其他高、新技
> 术开发计划的实施。鼓励科研机构、高等院校、
> 军工企业等有条件的单位兴办科技开发型企业，
> 生产高新技术产品。

1990年5月9日至12日，第二次全国"火炬"计划工作会议召开。在这次会议上，宋健作了讲话。他说：

> 实施"火炬"计划，发展高新技术产业，
> 是关系到中华民族根本利益的一项伟大战略任
> 务。它的重要性和深远影响，绝不亚于五六十
> 年代的"两弹一星"所起的伟大历史作用。
> 广大科技人员继承、发扬当年"两弹一星"
> 的创业精神，把发展高新技术产业作为祖国人
> 民赋予这一代人的历史使命，为实施"火炬"
> 计划而努力奋斗。

在中央及各级政府部门的高度重视下，大量新型高科技人才投入到"863"计划中，中国的科技发展很快呈现出了一个全新的面貌。

中科院与深圳联办科技园

2001 年 2 月 28 日，在深圳五洲宾馆，深圳市政府与中国科学院隆重举行了签约仪式。这次签约，将合作创建"院士之家"，即深圳中国科学院院士活动基地。

中国科学院副院长、北京大学校长许智宏院士和深圳市副市长郭荣俊分别签署了合作协议。包括著名科学家赵忠贤在内的 11 位中科院院士出席了签约仪式。

这是中科院在全国范围内的首家院士活动基地。活动基地的创建是深圳市与中国科学院新世纪新一轮合作协议的深化与具体实施，旨在发挥互补优势、推进知识创新工程的实施及深圳高新技术城市的建设步伐。

该基地的主要任务是开展科技交流，组织院士为深圳高科技发展规划、重大科技攻关项目、产业投资方向提供咨询；为深圳市的经济整体发展提供建议；举办有院士参加的国内、国际学术会议和科技论坛；联系港台及海外科技界，开展交流与合作，发挥深圳市及中国科学院在"两岸三地"及全球华人科技界的特殊作用，共同构筑以国外专家和留学人员为基础的交流新渠道。

当晚，深圳市市长会见了前来参加签约仪式的中科院副院长、北京大学校长许智宏院士等贵宾。

会见时，深圳市市长对中科院院士活动基地落户深圳表示欢迎和祝贺。他说：

> 深圳 20 年的发展得益于科技创新的巨大推动力，深圳今后将继续突出发展高新技术产业，希望能得到中科院和各位院士一如既往的关心和支持。

许智宏副院长说：

> 在深圳建立院士活动基地，标志着深圳和中科院的合作步入了一个新阶段，今后中科院将组织更多的院士参与深圳的经济社会发展。

双方商定，2001 年将在基地举办中科院院士系列论坛和高交会院士论坛，为深圳高新区基因群落建设提供咨询。

中国科学院这一中国最高自然科学基地，与中国最早开放城市深圳联手合作，为中国高科技产业的发展提供了典范。

我国的高新技术产业开发区，是在借鉴了国外建立科技工业园的经验，并充分结合中国国情创建的。中科院与深圳特区的合作缘起于深圳特区建立之初的产业结构危机。

建立之初的深圳特区，以轻工、服装、手表等劳动密集型产业为主体的"三来一补"工业发展迅猛。而当时国外高科技工业正在快速兴起，周边国家正在进行一场世界范围的产业结构调整。这引起了中央的担忧。

1983 年，中央领导在政府工作报告中特别提到，1976 年后国内产业结构落后，改革开放要尽快追赶世界顶尖高技术的潮流，以提升我们的产业。

1984 年 9 月，深圳市委书记组团对美国各大高科技园区进行了考察。这次考察，让深圳人开始意识到在发展"三来一补"的同时，还必须同时大力发展"双密集"产业。

然而，当时整个深圳市只有两个工程师，创建高科技产业必须求助外援。考察归来，深圳市委立即与中国科学院联系，希望中科院派专家帮助深圳市设计高科技工业园规划。这次求助，成为深圳与中科院"院市合作"的发端。

1984 年 12 月 7 日，中科院地理所专家陈汉欣一行入驻深圳，仅用一个月时间就完成了高科技园区的选址工作，确定深圳湾畔深南大道两侧 3.2 平方公里的土地为高科技园工业用地。

1985 年 4 月，经过中国科学院工作小组反复调研后，完成了规划报告。1985 年 7 月，中国科学院与深圳市政府签订了合办高科技园的协议书，双方各投 1000 万元成立中国深圳高科技工业园总公司。

作为中科院与地市合办的新形式，深圳高科技工业园在全国还是第一家。深圳科技园建设早期一度成为国内各地建设高新技术园区的蓝本，全国各地许多人都来参观。科技园的员工后来回忆当时的情形时说：

科技园的宣传画册供不应求，总公司经常接待各地到访的考察团。

1986 年，中国科学院科健公司与美国 Analogic 公司合作在深圳创办了安科公司，研制开发核磁共振成像系统。

对于深圳来说，院市合作兴办高科技园最大的意义在于引来了中科院的各研究所到深圳进行成果转化。1986 年 4 月，中科院长春应用化学所入驻科技园，注册成立了长园应用化学有限公司。

不久，研究所到深圳办高新技术企业形成了热潮，中科院金属研究所、化学研究所、物理研究所、计算机所等科研单位都相继在高科技园内办起了企业。最多的时候科技园里有近 20 家中科院下属研究所与各方合作创办的企业。

1991 年 3 月，深圳高科技园成为国务院认定的首批 26 个"国"字号的高新区之一。1992 年，中科院所属的联想集团投资 2000 万元在深圳建立了当时国内最大的计算机板卡出口生产基地。

深圳高科技园的附近一下子热闹起来，陆续成立了深圳京山民间科技工业村、中国科技开发院、深圳高新技术工业村、国家电子工试中心等工业园。

1993 年 4 月，这些园区统称为“深圳国家高新技术产业开发区”。

到 1996 年，深圳高科技园创下 63 亿的工业产值，在当时 5 个国家级的高新区中，创下了人均产值第一、出口创汇第二的指标。

随着深圳高新技术产业的发展，后起之秀纷纷在深圳崛起。在市场经济的推动下，园外企业的发展规模远远超过了原来政府规划中的高科技园。

1996 年 9 月，经当时国家科委批准，深圳市政府将深圳国家高新技术产业开发区内的多家工业园区，整合为面积为 11.5 平方公里的深圳高新技术产业园区。“高科技工业园”成为高新技术产业园区的一部分。

深圳市还成立了深圳高新区领导小组及其办公室，负责管理深圳高新区各项行政事务，由此真正拉开了深圳“硅谷”建设的序幕。

1998 年 8 月，作为高交会的发起单位和主办单位，中国科学院在首届高交会上提交参展项目 288 项。其后在第二、第三届中，中科院的交易项目分别为 502 项、630 项，累计成交 33 亿。

2001 年 2 月，深圳市政府与中科院正式签约，合作创建深圳中国科学院院士活动基地，即“院士之家”。这是深圳与中科院的再次合作。2 月 30 日，对接洽谈会召开。

如今的合作早已不再是在荒山野岭上兴建科技园了。当年科技园总公司遭遇的社区落后、人力缺乏、机制落后等困难已不复存在，深圳的市场机制、中介服务、劳力市场都已经逐渐完善为成熟的体系。对于新的合作，中科院光电技术研究所所长助理魏全忠说：

> 现在观念开放了，所里也在强调市场化，我们的技术创新工程明确指出，高新技术产业化是技术创新工程的重要组成部分。
>
> 过去觉得只有研发能力差的人才去做市场，现在观念都已经变了。

中科院软件工程研制中心的高级工程师奉旭辉说：

> 主流意识已经变了，过去技术人员愿意啃硬骨头，看见难度大的眼睛就发亮，特别愿意干这个，不计成本。
>
> 现在一切都是通过企业化运作，"哪个挣钱做哪个"的想法得到了当然的认同，在选择项目时，技术攻坚不再是首要指标，而更多的是注重市场需求和经济效益。

光电所在对接洽谈会上签约的 3 个项目实际上是 3

种不同的合作方式。签约三方分别为海川实业公司、贝光通公司、创维显示技术有限公司。

除了与海川公司的合作是单纯的项目合作方式外，与贝光通的合作实际上是中美三方合作。光电所的人说：

> 美国这家公司拥有一些核心技术，我们的微器加工实验室正好符合美方专利技术终试实验的要求，而贝光通是一家销售公司，帮助美国在中国做市场。

美方认可光电所的测试技术和合作态度，而光电所也想进入这个领域，于是双方一拍即合。有意思的是，美方公司不投现金，只投设备，一旦合作失败，各自拿回自己的设备，如果合作成功，则将设备划入结算。

而与创维的合约则是技术上的互助关系，创维目前使用的液晶电视核心部件光学引擎尚未国产化，针对这种市场需求，光电所希望得到企业提供的技术参数。光电所的人说：

> 我们在研发上自己要有一个目标，他从整机的角度给我们提出必需的技术条件，同时做出样机后给我们试用，然后提出修改意见。另外他们还为我们提供国外产品的参数以及尺寸、外形、功能上的数据。

　　像这样的合作，光电所与长虹、TCL、康佳也有协议，这种合作既满足了企业在技术上的要求，又使双方不会产生复杂的经济关联。

　　类似光电所的做法，北京软件工程研制中心与深圳的 TCL、创维公司也采取类似方式，以按卖出的台数计算许可费利润。

　　中科院大连化学物理研究所北方生物技术中心主任梅晓丹告诉记者，这次所里带来了两个项目，经过产业化会议前后的一番论证、洽谈，直接在对接会上签约。她说："我们的一个项目已经成熟，企业要买走。另一个项目投资公司很感兴趣，已经达成了投资意向。"

　　在转向市场化运作中，研究所也采用了现代企业管理制度。中科院软件工程研制中心实际上还有另外一块牌子：凯思软件集团。集团下面根据应用软件、嵌入式软件、ERP 电子商务、信息系统、产品出口几个不同的领域分设了 5 个子公司。"我们在 1995 年就开始按照公司化运作了，最早的时候是因为事业单位没有研究经费，完全是市场逼出来的，公司化之后这几年完全是靠自己了"。

　　研究所公司化运作后减少了很多沟通上的成本，观念差异的减小客观上使企业与研究机构的合作更易于达成意见一致。正如软件工程研制中心的一位高级工程师所说："如果与深圳进一步合作，对我们来说没有障碍，观念上没有差异，我们与其他研究所不同，我们已经转成企业化运作了，我们也要盈利。"

在新一轮的院市合作中，除中科院与地方、研究机构与企业这些传统意义上的合作关系外，更多的投资机构与中介机构又加入合作行列。本届产业化会议对接洽谈会上，中科院招商等投资机构与各院所纷纷签订了战略合作的关系。

更多的项目持有方表现出对创业资金的渴求，同时对中国现有风险投资的操作提出质疑，急功近利的风险投资机构还缺乏关注科技项目的前期研发的意识。中科院上海植物生理生态所的司胜利、北方生态技术中心主任梅晓丹都提到了相同的问题，"实际上投得越早，投的钱就越少，但风险也越大；但是投得晚，风险小了，投入也相对要大得多"。上海植物生理生态所司胜利论证道，他们有一个项目前两年成都的一家民营企业花50万投入，现在市值已经将近5个亿。

从过去合办企业，到现在灵活多样的合作方式，市场带动着更多的合作。也许随着市场的进一步成熟，当"政府牵线"退归幕后的时候，我们就听不到什么"院市合作"了。

深圳市从来没有给深圳高科技园提过任何经济指标的要求，只是通过一系列的优惠和扶持政策，让深圳高科技园成为中国高科技企业和成果的大型"孵化器"。

2007年，深圳高科技园区每平方公里实现工业总产值 166.36 亿元，工业增加值 38.03 亿元。其中高新产品产值达到了 157.94 亿元，税收 7.82 亿元，这些数值是全国 54 家国家级高新区平均值的数倍以上。而深圳科技园 2007 年工业总产值也是 1996 年初建时的 19.13 倍。

深圳高科技园的"蝴蝶效应"，拉动了整个深圳的高新技术产业，并使之成为深圳经济发展的龙头产业，引导深圳市经济结构不断升级换代和产品推陈出新。

在深圳高科技园的影响下，全国许多城市相继建立起高技术产业开发区。这些开发区大都分布在具有人才和技术优势或沿海对外开放优势的城市。

深圳高科技工业园与广东中山开发区，利用中国技术，吸收外国资金，兴办高科技企业，走出了发展高智力外向型的"南方模式"；北京开发区坚持以市场为导向、技术为依托，大力开发拳头产品，形成了过硬的"北方经验"。

如今，我国开发区加入到了世界高科技竞争的大潮中去，在世界上显示出中国高科技的发展水平。

深圳科技园建设配套市场

1999 年 10 月金秋，深圳迎来了建市 20 年来最盛大的节日：深圳首届高交会。高交会由中国对外经济合作部、科学技术部、信息产业部、中国科学院和深圳市人民政府共同主办。

高交会于 10 月 5 日开幕。高交会期间，共有 2856 家中外知名企业和机构、4150 项高新技术成果参加了展示和交易。除"三部一院"外，还有北京大学、清华大学等 22 所著名高校均派人参加了这次盛会。

来自美国、加拿大等 26 个国家的 402 家高科技企业、大学、研究所、金融机构和一批国际风险投资机构来到深圳，从而使深圳高交会成为世界的高交会。

这次高交会在 10 月 10 日胜利闭幕。高交会期间，参观人数达到 30 万人次，成交金额 65 亿美元，实现了大规模、高水平、国际性的既定目标。首届高交会被誉为深圳乃至全国发展高新技术产业的一个里程碑。

高交会的召开，是就深圳高科技园的发展需求而产生的。因为在高科技企业入驻深圳高科技园的同时，企业原材料供应链配套和高科技产品成果的出路就成了摆在高科技园发展道路上的首要问题。

20 世纪 80 年代中后期，以生产电子、通信、电器产品为主的电子企业大量涌入深圳，对电子元器件的需求十分旺盛。

然而，在当时的计划经济体制下，无论企业生产什么都要向电子工业部报计划，作为生产原料的电子元器件，也是由电子工业部按计划统一分配的，这远远不能满足高科技市场发展的需要。因此，深圳急需专业的电子交易市场。

1988 年 3 月，深圳电子配套市场在深南中路、华强北路口开业，这不仅是深圳第一家电子专业市场，同时也是全国第一家电子专业市场，并创造了中国电子专业市场的经营模式。电子配套市场又称"赛格电子配套市场"。

来自全国的电子公司纷纷落户，赛格电子配套市场规模不断扩大，市场影响力迅速提升。其辐射力从深圳延伸到珠三角，继而波及全国乃至整个东南亚地区。为此，赛格电子配套市场在 1990 年、1993 年和 1995 年进行了三次扩容。

1999 年，深圳市为赛格电子市场建成了 73 层的赛格广场。深圳赛格电子市场越来越显示出它的力量。一位在赛格广场经营元器件的经销商说：

> 赛格市场电子元器件的价格已经成为中国电子元器件的风向标，直接影响到北京中关村，影响到上海、广州电子市场的价格。

除了电子元器件，华强北的手机产品价格也是中国手机市场和东南亚等新兴市场的价格风向标。

后来深圳之所以被外界称为手机之都、电子产品之都，都是因为深圳的配套能力和效率是其他地方所不可比拟的。

随着深圳电子专业市场经营范围的不断扩张，它已经由华强北"溢"出到南山、宝安、龙岗各地。2000年深圳宝安电子城开业，2001年深圳龙岗电子城开业，2003年深圳宝安沙井电子城开业，2005年底位于深圳龙岗平湖的华南城电子交易中心开业。

电子元器件供应问题解决之后，高科技企业的科技产品成果的出路问题日益显示出来。为了给高新科技产品寻找出路，中国国际高新技术成果交易会应运而生。

1999年10月，国家10个部委和深圳市政府共同主办的高交会开幕，同时承担起深圳高新技术企业走向中国和全球市场的历史使命。

随着历届高交会的成功举办，深圳高交会逐渐成为中国最大的高新技术进出口交易会。高交会吸引了全球的目光，许多国际知名跨国公司，美、英、德、法、意、俄、加拿大、澳大利亚等许多国家政府组团参加深圳的高交会。

除了每年一度的高交会，深圳还有一个永不落幕的

"窗口"，即华强北电子商圈。

深圳远望数码商城市场管理有限公司副总经理孙永红说，在2001年时华强北电子商圈还处于原始的状况。经过几年发展，电子、通信和零售已经成为华强北的支柱产业，产值占整个华强北的三分之二左右，而通信产品产值又占电子和通信两大产业总产值的三分之一。

后来华强北手机商圈不仅是中国手机市场的窗口，同时也逐渐成为面向东南亚、中东、非洲和俄罗斯等地区手机市场的窗口。

2007年10月，深圳市福田区政府和赛迪顾问公司联合推出"华强北指数"，该指数共有各级各类指数55个，包括华强北电子市场价格综合指数，电子元器件、手机产品、数码产品以及IT产品4个一级产品价格指数等，整个指数体系基本涵盖了华强北电子产品边界，反映出华强北电子市场交易价格变化趋势。

深圳市社科院城市营运中心主任高海燕认为，"华强北指数"将成为深圳市不可复制的特色城市名片，并将由此带动华强北市场向高端集聚，产业向高端升级，引领深圳市新一轮的经济增长高潮。

通过赛格电子市场和高交会等形式，深圳高科技园得到不断的完善和发展，深圳也成为中国高科技产业发展的领军之地。

中科院创建中关村一条街

1988 年，《人民日报》在头版位置全文刊登了《中关村电子一条街调查报告》。同年 5 月，国务院正式批准发布《北京市新技术产业开发试验区暂行条例》，中关村彻底摘掉了"骗子一条街"的帽子，成为第一个国家级高新技术开发区。

一大批科技公司开始在这里成立发展，科研成果如雨后春笋，其中不乏一些令世界瞩目的新技术。从此，中关村真正步入了大规模创业期，它开始缔造属于自己的"PC 时代"。同时柳传志、王文京、郭为这些当年的年轻人，也在这一年开始打造自己的中关村梦。

随着中关村发展步入正轨，它深刻地改变着北京的产业格局。中关村科技园区企业从 1988 年的 527 家发展到 2007 年的 21 025 家，总收入从 1988 年的 14 亿元增加到 2007 年的 9035.7 亿元。

中关村的创业潮始于 80 年代初。1979 年陈春先到了美国。他访问"波士顿 128 号公路技术扩散区"，以及加利福尼亚的"硅谷"。于是，他开始理解所谓"技术扩散区"的概念，他也终于明白了"把工厂、学校、研究所密切联系起来"的体制。科技与产业结合的繁荣景象深深触动了他，他决心把这个"崭新的概念"引进到中国。

这个概念就是将科技成果转化成生产力。

1980年，陈春先回国。他在新成立的"北京等离子体学会"叙述了自己在美国看到的一切，并当场宣布自己的计划，成立"先进技术发展服务部"。

1981年结束时，陈春先和他的同伴们依靠自己的智慧，在第一年里就盈利3万元。

陈春先是一个在理论物理学方面卓有成就的科学家，却倾心尽力地经营起了属于自己的小公司。这在当时许多科学家的眼里，是不走正路。

1982年1月，在中国科学院物理所的一次会议上，陈春先和领导发生了第一次正面冲突。领导说陈春先"不务正业，歪门邪道，腐蚀干部"，指责陈春先"搞乱人的思想，搞乱科研秩序"。陈春先则反唇相讥："我看不是搞乱了科研秩序，而是正在建立新的科研秩序。"于是，领导毫不留情地把争论升级，指控陈春先从未向他报告过财务收支，其账目必有不可告人的秘密。

于是，陈春先和他的公司谣言纷纷。有的谣言说，这个人正在收买中国科学院的研究人员，恣意发放"红包"。有的谣言说，这个人把国家科研经费窃为私有。还有人声称，已经看到一份非法获取收入者的名单，牵涉至少20个科学家和大学教师。

针对领导提出的要查自己的账目，陈春先表示拒绝。但争执后双方还是决定以折中的方式解决，由"服务部"的直接上级北京市科协来审查其账目。

北京市科协派出一位名叫赵绮秋的人来主持此事。赵绮秋在"服务部"成立会议的时候就曾代表科协到场向陈春先他们致贺，她完全站在陈春先一边。赵绮秋率人煞有介事地检查一番后，宣布陈春先的账目"没有任何问题"。

不用说，领导不接受这个结论。他提出由物理所派人再次核查账目，遭到陈春先的拒绝。在整整一年的时间里，双方僵持不下。

领导可以利用职权扣发那些人的奖金和节日补贴，把职称评选拖延不办，甚至指示大门警卫对陈春先等人的行踪严加防范，但是限于权力，他却无法达到取缔这一"非法组织"的目的。于是他打算借助科学院的力量来平息这场纠纷。

气氛骤然紧张，对陈春先等人来说，这是一个困难的冬天。不过陈春先认定这个冬天是属于他的，因为真理在他这边。

领导的指控不仅让陈春先的阵营面临瓦解，而且还令赵绮秋陷入危险的境地。赵绮秋的丈夫周鸿书是新华社北京分社副社长，手下有一大群既聪明又行动麻利的记者。那时的记者除了在媒体上拥有一呼百应的力量外，还有特殊渠道让他们的报告可以直达中南海。这时候，有位叫潘善棠的记者去中关村走了一趟。

潘善棠的调查报告以大部分文字表扬陈春先的行为，说他学习美国硅谷经验，初见成效，"一个类似国外的

'新技术扩散区'"正在中关村出现。

但报告的关键部分却在最后一段，说陈春先搞科研成果、新技术扩散试验，却受到本部门一些领导的反对，严重地影响了他们继续试验的积极性。

很快中南海的一连串批示传达下来，把整个科学院弄得沸沸扬扬。胡耀邦、方毅的批示都一致认为，陈春先的做法是完全对头的，应予鼓励。

批示说：

陈春先同志带头开创新局面，可能走了一条新路子，一方面较快地把科技成果转化为直接生产力，另一方面多了一条渠道，使科技人员为四化作贡献，一些有贡献的科技人员可以先富起来，打破铁饭碗、大锅饭。

批示还责成科技领导小组拿出具体的方针政策来。中央领导对这件事情的大力支持，引起了巨大反响。

一切随之改变，舆论出现了"一边倒"的局面。记者、作家、学者、官员联合在一起，为中关村的未来发展之路指定了方向。

之后的一切都像是美国硅谷学生创业故事的翻版，许多大学教师、研究员都走上了科技创业的道路。

中科院和海淀区政府对中关村地区给予了全力支持。紧接着，四海、科海、信通、联想等 11 家企业出现了。

陈春先出人意料地反败为胜，对自己这个本来难以为继的"服务部"进行扩张。他们为自己起了个新名字，叫"北京市华夏新技术开发研究所"。

"华夏"1983年4月15日宣告成立。在政府的批准文件还没下来，便按捺不住，提前诞生了。"服务部"的创始人之一纪世瀛说：

中国最大的科学金字塔开始破裂了。

无论对中关村还是对整个中国来说，这都是一个颠覆性的事件。

1983年，陈庆振创立科海。这个以科技转化推广为主要业务的公司，不仅开创了中国孵化器行业的先河，还在中关村引起了一股"技工贸"热潮。

技工贸，原意是指技术研发、产品开发、产品生产、产品销售以及产品售后都由一个公司承担，即技工贸一体化。但是后来研发要求投入比较大，只能是从贸易方面赚一部分钱再投入研发，所以最后成了贸工技。于是，有人便把这条街戏称为"倒爷一条街"。

陈春先不再孤军奋战，因为在他身后出现了一大群义无反顾的人。他们将和他会合成一股力量，把一根又一根楔子打进金字塔的裂缝。

此时，陈春先等人还提出：

不要国家编制、不要国家投资，要自筹资金、自愿组合、自主经营、自负盈亏。

1988 年竞争上岗的第一任中关村管委会主任胡昭广，对陈春先的"两不四自"给予了热情洋溢的评价。他说：

这段话在当时的计划经济条件下，有极大的改革气息。本质上，它把政企分开了，使企业真正成为市场的主体，使企业在市场当中真正有独立机制和行为能力，出现了多种所有制共存和多元化投资的概念，激发了科技人员长期被压抑的潜能，创造了前所未有的高效率。

陈庆振借着他科学院科技处科技档案管理员的便利，到处呼吁技术专家到工厂兜售自己的发明。中国第一代计算机场地条件工程师王洪德，干脆在中科院计算所的一次会上公然宣布：

我决定，从明天起离开计算所。最好是领导同意我被聘请走。聘走不行，借走！借走不行，调走！调走不行，辞职走！辞职不行的话，那你们就开除我吧！

不仅如此，王洪德还第一次提出一个后来屡屡出现的问题：一个中国人，除了对他所服务的机构和上级的忠诚之外，还有没有第二种忠诚？就在那一天，计算所的 8 名工程师和技术人员和王洪德一同离去。

时代真的变了，科学家创造的成果可以拿钱来衡量，科学家可以名正言顺地获得更多的报酬。

1983 年 5 月 13 日上午，陈春先召开"华夏"成立之后的第二次理事会议，决心说服他的技术人员转向"微型电脑和智能系统"这个更高的技术领域。

陈庆振则攥着科学院的技术档案这个看上去取之不竭的宝藏，做着推销新技术的买卖。不仅如此，由于他的行为受到科学院的支持，还得到了政府对他的特别关照。这可真是得天独厚，但却并不能确保他的成功。

从夏天到秋天，陈庆振煞费苦心地搜索科学院的技术档案，挑出那些在他看来大有希望的技术四处推销，竟是处处碰壁，无功而返。按照他在 1983 年最后一天的核算，完全是个亏损结局，而且前景堪忧。

然而就在这时，陈庆振获得一笔有利可图的生意，为政府开发一个光学系统。他跑到清华大学铸造专业去求援。当学生们问他给不给加班费时，他说没问题，结果这件事就在学生的努力下完成了。

1984 年，陈春先、陈庆振、王洪德他们逐渐理解，最重要的事情不是自己手里有什么，而是外面的世界需要什么。

在改造北京大学计算机房时，王洪德从中一下子赚了19万元，这让他们这些新时代的领军人物更坚定了市场信念。所以在看到电子计算机的光明前景后，王洪德、陈庆振和陈春先，以及其他更多的人，全都以最快的速度投入其中。

于是，真正的商业运动就在白颐路上发动起来了。就在白颐路的商业体系发生变化时，处于觉醒中的中国市场也在迅速改变。

最重要的改变来自20世纪的一项伟大发明：计算机。关于微机的消息不断传到我们国家，它们来自大洋彼岸。人们当时对世界潮流的敏锐叫人惊叹。中南海很快作出反应，决定把微型计算机请进办公室。为此，中央专门召开了一次"中南海计算机选型会议"。

1984年1月，国务院计划委员会订购了50台"长城0520"。"长城0520"是我们国家生产的第一台微机。当时，伴随这款微机同时出现的还有第一个中文操作系统、第一个中文输入方法、第一个中文字库。

1984年春天，国家科委开了一次会，研究"世界新技术革命与我国对策"。中央政府试图在自己的经济战略中注入世界科技的最新动向。党的领导人也开始采取一些实实在在的行动，让高新技术在普通百姓眼里不再遥不可及。

1984年2月，邓小平来到上海过春节。当时，邓小平对中国之外正在兴起的新技术浪潮有了一定的了解，所以，当他听说上海正在搞一个科技展览时，就跑来看热闹。

科技展览展示了上海10年的成就，邓小平没有过多关注。不过，这位敏锐的政治家注意到了其他许多人都忽视的事情。

当时有一个名叫李劲的13岁男孩坐在一台电脑前为邓小平演示了一小段程序。那是一个小火箭，把邓小平吸引了。他摸着这孩子的头说：

计算机要从娃娃抓起。

这句话后来在全国广泛传播，再经口口相传，整个国家已无人不知，这大大增加了民众对电脑的热情。

邓小平成了电脑知识的最大普及者。这个老人的力量借助于一个13岁的孩子延伸到了全中国。

1984年4月的第二周，科学家谷羽联合中国科学院的几位学者，向中南海呈递了一封信。信中建议说：

利用现有的智力资源，组成科研、开发、生产联合的基地。

在指出中关村蕴藏着一大批科学家和大学生之后，这封信接着说，这里"人才济济，但没有生气，单位近在咫尺，却如远在天涯，潜力很大，但没有开发"。

这封信转给了中国社会科学院的副院长宦乡，要他谈谈看法。宦乡是个兼有官员和学者双重身份的人，当时正好在美国访问。

像陈春先一样，宦乡也被美国的硅谷感染了。4月26日午夜，宦乡回到北京，看到了谷羽的信以及来自中南海的指示后，他进行了长达一周的思考。

1984年5月4日，宦乡给中央写了一封信。他说科学家们说出了一个"令人痛心的事实"，他们的建议"都是值得重视的"。未来撰写中国科技史的学者们，是不该忘记这封信的。

宦乡不仅维护了学者的意见，而且更重要的是，他第一次提出在中关村建立一个"科学城"的设想。宦乡此信长达9页，全部为小楷手书。

在信中，宦乡主张"激发人们的创造精神，打破沉闷气氛"，还建议在科学城中"新事新办"，试行彻底的体制改革。而且他并不满足于这些道义上的呼吁，还试图为想象中的"科学城"做三件事：第一，他设计了完整的科学城规划；第二，他提出科学城应有的建设步骤；第三，他想要弄清楚政府在科学城中处在什么样的位置。他甚至亲手绘制了"中关村科学城草图"一幅，附在信中，用以证明他的计划并非无源之水。

但是当时的中央显然有更要紧的事情要考虑。改造国有企业、修建道路桥梁、开辟新产业、为城里居民盖房子、就业、医疗保险……这些都需要钱，而中央政府的税收在过去5年间却没有相应的增加。

1984 年 4 月 29 日，"华夏"创办的《新兴产业与科技扩散》出版了它的"试刊第一号"。当时印数只有 100 份，免费赠送。编者声称，"这是中国民间创办的第一份刊物"。它讴歌中关村里那些"出走"的科技人员，说他们创办的企业是"灿烂的科技之花，必将结出丰硕的经济之果"。

1984 年 5 月，当时的计委主任宋平关于研究探讨在中关村建立一个把大学研究所和工业部门结合起来的开发中心的批示，提出了产学研结合的问题。

1984 年 9 月 11 日，《北京日报》发表了任稚羽的文章，题目就叫做《开创中国式硅谷的探索》。文中写道：

坚冰已经打破，道路已经开通。

靠科技起飞，开创中国式的硅谷。

这是中关村历史上的一个重要时刻，就是在这时候白颐路完成了向"电子一条街"的转变。1986 年 6 月，国家科委全国高新技术开发区研究课题组成立。一年后，北京中关村建立新技术开发区的调查与研究报告完成。

中央办公厅调研室牵头的联合领导小组，对中关村进行了为期两个月的调查。明确提出，以中关村"电子一条街"为基础，设立新技术开发区，采取国家不拨款，但是提供政策环境支持的建议。

1985 年 3 月 13 日，中央发布了《关于科技体制改革的决定》，明确允许集体和个人建立科研机构，更大地推动了中关村的发展。

1986 年 11 月，中科院提出了"一院两制"的概念。一部分人继续搞研究，一部分人出来办科技企业，把科技成果转化成生产力，发展成产业。第二年，中科院所属院所建立的企业达到 148 家，占到"电子一条街"企业总数的 1/3，从业人员占了 50% 以上。

1986 年 11 月 18 日，中央正式公布中国的"863"计划。中国在科技产业化道路上又前进了一步。

1988 年 3 月 12 日，《人民日报》刊登了有关文章，对陈春先的"四自"给予极大肯定，对中央领导的批示则采用编者按的形式公布。国家科委、北京市政府联合提出建立新旧产业开发区的报告。

1988 年 5 月 10 日，国务院正式批准《北京市新技术产业开发试验区暂行条例》，被称为"18 条"的诸多优惠政策，让中关村的发展插上了翅膀。

自此，水到渠成。中关村终于从白颐路上的"电子一条街"，演变成 100 平方公里的北京市新技术产业开发试验区。

试验区的发展差不多是"摸着石头过河"，虽然有美国硅谷、日本筑波和中国台湾新竹的成功范例，但当时我国经济体制刚刚开始转轨，可供试验区借鉴的经验并不多。胡昭广对试验区作出评价说：

北京市新技术产业开发试验区这个名称中，最珍贵的是试验两个字。

试验，就是允许创新、允许改革。

从开创那天起，我们就定下走创新之路。在中关村形成了理论创新、制度创新、机制创新、管理创新、科技创新和文化创新的创新氛围。

胡昭广带领同事们"确立了核心价值，就是为企业服务"。在试验区办公室的大开间里，60 多名工作人员每个月都要组织一次"全区"大会，听取企业家心声。胡昭广说：

企业是这个地区的主人，是这个地区创造的原动力。我们的很多政策都是首先由企业提出来的，我们再完善，再用于指导企业。

1999 年 6 月 5 日，国务院下发《关于建设中关村科技园区有关问题的批复》，"试验区"正式更名。又历经 10 年的发展，中关村形成了"一区多园"的格局，并不断壮大，"从一条有倒爷、有骗子的街，发展成地区经济拉动的龙头，现在又成为国家创新体制的原动力"。

2007 年，中关村科技园区总收入超过 9000 亿元，2008 年将突破 1 万亿元，相当于北京市总收入的 18%。

胡昭广说：

<blockquote>
中关村最宝贵的价值是它解放了人、解放了思想、解放了生产力。
</blockquote>

中关村的发展为中国的科技产业化作出了重大贡献，使中国经济的发展有了新的可资借鉴的模式和经验。

建立新技术创业中心

1987年6月8日，在中部城市武汉，中国第一家科技企业孵化器——武汉东湖新技术创业者中心悄然诞生。当时，创业者中心是在没有得到相关部门正式批准的情况下，迫不及待地产生的。它的创办者们也成为第一个"吃螃蟹者"。

建立科技创业服务中心，是借鉴欧美各国科技型小企业孵化器的经验，在国内建立的为科技企业提供服务，扶持科技型企业起步，扶持科技机构、高等院校和科技人员创办科技型企业，扶持新技术产品形成规模经济和进入市场的另一种新形式。

中国科技企业孵化器事业的起步与发展，与中国改革开放进程息息相关，与国家"火炬"计划的实施密不可分。武汉东湖新技术创业者中心的诞生与这些重大的历史机遇如影随形。世界新技术革命的浪潮、中国改革开放的进程以及"火炬"计划的实施，成为武汉东湖新技术创业者中心诞生的催生剂。

20世纪80年代，美国未来学家阿尔文·托夫勒提出的第三次科技革命浪潮理论，不仅对当时西方发达国家的经济产生了影响，而且对一些发展中国家特别是中国也产生了重大影响。

因为新的科技革命和由此引发的产业革命，给发展中国家提供了一次实现跨越式发展的重大机遇。只有走在新技术革命浪潮的前沿，直接进入科技发展的新时代，才有可能发挥后发优势，通过实行赶超战略，实现现代化。

1985 年 3 月 7 日，全国科技工作会议召开。邓小平在会议上指出：

> 经济体制，科技体制，这两方面的改革都是为了解放生产力。新的经济体制，应该是有利于技术进步的体制。新的科技体制，应该是有利于科技发展的体制。

邓小平的讲话为科技体制改革指明了方向。此后不久，中共中央发布了《关于科学技术体制改革的决定》。1986 年 7 月，国务院发布了《关于促进科学技术人员合理流动的通知》，要求各地领导机关为人才合理流动创造条件。

我国科技体制改革迈出的坚实步伐，为此后科技创新创业热潮的掀起奠定了良好的体制基础，也为我国科技企业孵化器事业的起步和发展提供了良好的土壤。

20 世纪 80 年代中期，我国经济体制改革不断深入，坚持市场取向，逐步加强市场机制的作用，也加快了科技体制改革的步伐。

根据当时国家统计局公布的数据，由于市场机制的作用，科技体制改革继续深化，科技在经济和社会发展中的作用日益显著。众多科技企业似乎在一夜之间产生，仅武汉一地民间兴办的科技企业就达 200 多家。但由于当时还处于"摸着石头过河"的阶段，各方面的体制并不配套，以致这些科技企业在发展过程中面临着一系列问题和困难。

　　在武汉东湖地区，民间兴办的科技企业和潜在的创业者们面临着一些自己难以解决的问题、矛盾和困难，如果不能获得来自外部的、多方面的保障和扶持，这一新生事物将会停滞、萎缩以至夭折。武汉东湖新技术创业者中心主任龚伟说：

　　　　基于这种情况，如何对东湖地区民间兴办的科技企业采取某种配套的特殊政策以便对其实行系统保障、扶持和引导，形成一种有利于这些科技企业发展的特殊小环境，刻不容缓。

　　在这一背景下，广大科技企业急需一个便于实施配套的特殊政策，形成有利于科技企业成长的特殊环境的专门机构。

　　1987 年 4 月 10 日，武汉东湖新技术创业者中心筹备组租赁了武汉市武昌丁字桥路 108 号，作为创业者中心的第一个孵化基地，同时正式接纳了第一家科技创业企业"武昌溪流电子研究所"入孵。

此后，武汉东湖新技术创业者中心筹备组协助新成立的"武汉实验新技术应用研究所"和"武汉华信电子研究所"办理了工商税务登记等手续，并接纳它们成为第一批入孵企业。

1987年6月8日，武汉东湖新技术创业者中心悄然诞生。不过当时它并没有自己的合法身份。

1988年，武汉东湖新技术创业者中心应邀参与国家"火炬"计划中"企业孵化器在中国发展战略纲要"的起草工作。此后，他们在孵化器的理论研究上一直紧跟发展，紧盯前沿，推出了许多独具创新意识的理论研究成果。

武汉东湖新技术创业者中心组织编写了我国第一本《企业孵化器教程》，一方面从理论和实践上对我国高科技企业孵化器发展的经验进行了总结，另一方面也为培养孵化器管理人才，促进中国企业孵化器事业的发展作出了贡献。

武汉东湖新技术创业者中心还与中国高新区协会创业中心专业委员会、武汉大学商学院联合，开展对中国科技企业孵化器融资体系的研究，并参与编著了《中国孵化器融资体系、研究、设计与实施——金融工程在高新技术产业发展中的应用》一书。

1990年9月，创业者中心终于有了自己的合法身份。1991年11月21日，武汉东湖新技术创业者中心更名为武汉东湖新技术创业中心。

自武汉东湖新技术创业中心建立以后，各省市纷纷建立自己的开发区和创业中心，这些开发区和创业中心已经成为我国实施"火炬"计划的重要基地。

在武汉东湖新技术创业中心发展历程中，中心领导始终专注于孵化科技型中小企业的服务市场，在孵化科技企业和培育科技企业家，使科技成果转化为生产力的同时，积累了丰富的行业资源和中小企业孵化经验，武汉东湖新技术创业中心自身也得到了长足的发展。

武汉东湖新技术创业中心在建立之初，服务功能非常单一，仅能提供场地、打字、通信、工商、税务登记等简单服务，属于纯粹的政策性服务。

随着各种类型的科技企业孵化器在国内的快速发展，给武汉东湖新技术创业中心也造成了很大的竞争压力。创业中心主任龚伟说：

> 面临着同业的同质化服务竞争的压力，孵化器优胜劣汰将不可避免。因此，孵化器在孵化科技型中小企业的同时，还将面临"孵化"自身的创业服务品牌的问题，需要不断培育、打造自身的创新创业服务品牌。

为了在竞争中立于不败之地，武汉东湖新技术创业中心实施了许多的相关措施。2001年，中心对原有管理模式进行全面的企业化调整，实现了由以政策服务为主向功能服务为主的转变，服务品质得到大幅度提升，不仅传统的政策性服务更加有力，还建立和完善了投融资服务、咨询服务、国际化交流以及公共关系等一系列服务功能。

2002 年，创业中心以创业人社区建设为方向，引入民间资本，尝试产权式孵化器的新模式，完成了"SBI 创业街"即光谷创业街一期、二期基本建设，并全部投入使用，开辟了"投资人拥有、创业中心管理、创业者使用"的多赢格局。

后来，武汉东湖新技术创业中心逐渐形成了一支文化水平高、专业素养好、服务能力强的孵化服务管理团队。在武汉东湖新技术创业中心的发展过程中，孵化了大量科技企业，一些企业像凯迪电力、凡谷电子、三特索道、开目软件和楚天激光等还成了行业的排头兵。

武汉东湖新技术创业中心在国家"火炬"计划的指引下，为探索科技企业孵化器发展之路，锐意进取，求实创新，在中国孵化器发展历史上写下了光辉的一页。

本书主要参考资料

《国史全鉴》本书编委会编 团结出版社

《邓小平与中国科学院》路甬祥主编 江西教育出版社

《24年嬗变深圳成就电子之都》孙燕飚著 第一财经日报

《中国的新革命》凌志军著 新华出版社

《超导研究的温度变迁》吴戈著《三联生活周刊》第432期

《中南海三代领导集体与共和国科教实录》岳庆平等编 中国经济出版社

《中南海三代领导集体与共和国经济实录》王瑞璞等编 中国经济出版社

《武汉东湖新技术创业中心把中国最早办成中国最好》赵策编写 中国高新技术产业导报